괴담수집가

괴담수집가

초판 1쇄 발행 | 2020년 1월 9일
초판 3쇄 발행 | 2021년 12월 1일

지은이 | 전건우
펴낸이 | 박영욱
펴낸곳 | 북오션

경영지원 | 서정희
편 집 | 권기우
마케팅 | 최석진
디자인 | 민영선·임진형
SNS 마케팅 | 박현빈·박가빈
유튜브 마케팅 | 정지은

주 소 | 서울시 마포구 월드컵로 14길 62
이메일 | bookocean@naver.com
네이버포스트 | post.naver.com /bookocean
페이스북 | facebook.com/bookocean.book
인스타그램 | instagram.com/bookocean777
유튜브 | 쏠쏠TV·쏠쏠라이프TV
전 화 | 편집문의: 02-325-9172   영업문의: 02-322-6709
팩 스 | 02-3143-3964

출판신고번호 | 제2007-000197호

ISBN 978-89-6799-509-6 (03810)

누군가에게 들은 이야기들
물론 진실은 알 수가 없다

전건우 괴담집

괴담수집가

📖 북오션

괴담이란 무엇인가?

소설가로 일하다 보면 여러 사람을 만나게 된다. 나는 주로 인터뷰에서 정보를 얻기 때문에 다양한 재능과 다양한 사연을 가진 사람을 만나기 일쑤다. 인터뷰를 하다 보면 사람은 저마다 감추어둔 이야기가 무궁무진하게 많다는 사실을 새삼 깨닫게 된다. 아무리 과묵한 사람이라도 일단 말문이 틔면 속 이야기를 늘어놓게 되는 것이다.

내가 나서서 만나려 하지 않더라도 나를 찾아오는 사람도 많다. 그런 사람들의 목적은 대부분 비슷하다.

자신의 이야기를 들려주기 위해서다.

블로그 댓글을 통해, 이메일을 통해, 아니면 출판사를 통해서

라도 굳이 내게 연락해 이야기를 좀 들어달라고 하는 사람들이 꽤 된다. 어떤 이야기인지는 뻔하다. 내가 좋아하고 사랑해 마지않으며 소설가 생활 내내 관심을 가지고 있는 것, 바로 무서운 이야기다.

지난 몇 년간 나는 꾸준히 무서운 이야기를 모아왔다. 세계 곳곳의 무서운 이야기를 채집하는 건 물론이고 오로지 우리나라에서만 떠도는 무서운 이야기 역시 열심히 기록했다. 그런 가운데 가장 도움 된 것이 바로 사람들의 실제 경험담이다.

사람들은 어디서도 털어놓지 못했던, 혹은 털어놓았어도 거짓말이나 착각이라고 무시당했던 자신만의 사연을 내게 들려주었다.

그 사연 속에서는 귀신이 등장하고, 불가사의한 사건이 벌어지며, 정체를 알 수 없는 무언가가 위협을 가해오기도 한다. 다른 사람이 듣기에는 황당하기 짝이 없지만 직접 경험한 사람에게는 평생의 트라우마로 남게 되는 사건.

말 그대로 괴담이다.

괴담이란 섬뜩하고 기분 나쁘며 설명할 수 없는 이야기를 말한다. 자칫 자극적이고 유치한 잡설로 치부할 수도 있지만 긴 생명력을 가진 괴담은 종종 그 시대의 시대상을 반영한다. 아동

유괴가 횡횡하던 시절에는 '김민지 괴담'이 떠돌았고, 희대의 연쇄살인마들이 연달아 나타났을 때는 '유영철 괴담'이 화제가 됐다. 어디 그뿐인가, '빨간 마스크 괴담'은 시대에 따라 그 내용이 조금씩 바뀌며 여전히 초등학생을 공포로 몰아넣는다.

그 시대의 가장 어둡고 폭력적이며 예민한 주제가 모여서 하나의 이야기로 탄생하는 것이 바로 괴담이다. 괴담이 현실성을 가질수록, 시대의 공포를 건드릴수록 그 생명력이 길어지는 것은 이 때문이다.

내게 자신의 사연을 털어놓은 사람들의 이야기 역시 마찬가지였다. 그들이 직접 겪었다는 사연들의 배경은 이국의 명소나 한눈에 봐도 무시무시한 일이 벌어질 것만 같은 장소가 아니었다. 흔히 마주치는 거리, 수시로 지나다니는 골목길, 그리고 평범한 도심이 대부분이었다. 그들은 일상의 공간 안에서 무시무시한 경험을 했고, 그 경험의 밑바닥에는 지금 이 시대의 대한민국이 고스란히 들어 있었다.

물론 그렇다고 해서 이 책《괴담수집가》가 대단히 심도 있는 문제를 다룬다는 의미는 아니다. 괴담이 인기를 끄는 이유는 어쨌거나 재미에 있기 때문이다. 내가 듣고 수집한 많은 괴담 중 가장 재미있는 이야기를 뽑아서 묶었다. 이 책을 엮으면서 내게 이야기를 들려준 그 사람들의 표정이 생생하게 되살아났다. 괴로운 듯 이야기를 시작했다가 마지막에는 후련한 표정을 짓곤 했던 그들. 그 사람들이 경험한 이야기, 사실인지 거짓인지 도무지 알 수 없는 이 괴담들이 적어도 이 책《괴담수집가》안에서만은 살아 움직이기를 바란다.

차 례

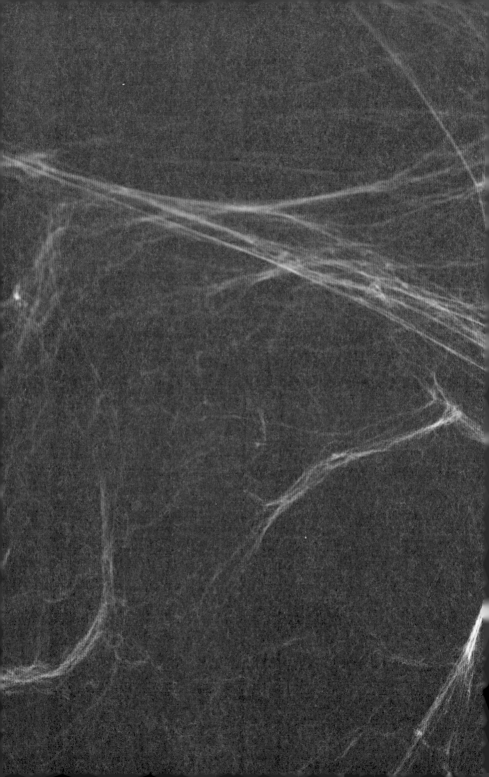

습득물

누군가에게 들은 이야기이다.

K가 '그 가방'을 발견한 것은 아주 우연한 일이었다. K는 인천공항행 막차를 타고 있었다. 거하게 취한 상태였고 제법 기분이 좋았다.

때는 여름방학을 며칠 앞둔 초여름. 전공 시험이 끝난 터라 그날 낮부터 동기들과 술잔을 기울이다 결국 3차까지 가서 헤어졌다. 시험도 나름 잘 봤고 내기 당구를 쳐 이기기까지 했다. 평소 호감을 품고 있던 여자 동기와 영화 약속도 잡았다.

여러모로 운수 좋은 날이었다. K는 실실 새어 나오는 웃음을 참으며 지하철 안을 둘러봤다.

평일 마지막 지하철에는 사람이 별로 없었다. 검암역을 지나고부터는 대부분 내려 자신을 포함해 승객이라고는 셋뿐이었다. 내려야 할 청라국제도시까지는 몇 분 더 남았다.

K는 슬쩍 눈을 감으려다가 밀려오는 졸음을 견디지 못하고 하품을 쩍 했다.

그때였다.

맞은편 좌석에 놓인 까만 가방을 발견한 것은.

'누가 두고 내렸나?'

주위에는 아무도 없었으므로 분실물이라는 사실은 쉽게 짐작할 수 있었다. 투박하게 생긴 가죽 가방인데 낡아서 손잡이가 너덜너덜했다. 나이 지긋한 남자가 들고 다닐 법한 여행 가방이었다.

'졸다가 깜박했나 보네.'

처음에는 무시하려 했다. 남의 물건인 데다가 귀한 것도 별로 없어 보였다. 하지만 이상하게도 자꾸 눈길이 갔다.

어느새 졸음도 싹 달아나 버렸다. 모든 감각이 가방에게로 향했다. 억지로 눈을 감아 봐도 눈꺼풀 안쪽으로 가방의 모습이 생생하게 떠올랐다. 마치 문신을 해넣은 것처럼.

'뭐가 들었는지 보는 정도야 괜찮겠지? 그래야 지하철역에 맡기든가 하지.'

결국 호기심에 지고 말았다. K는 슬그머니 주위를 살폈다. 다행히 승객 둘은 모두 졸고 있었다. 얼른 일어나 가방을 주워 들고 제자리로 돌아왔다.

가방은 제법 묵직했다. 괜스레 심장이 두근거렸다. 입안이 말랐다. 과음을 한 탓인지 목도 말랐다.

K는 마른침을 삼킨 다음 조심스레 가방 지퍼를 열었다.

제일 먼저 눈에 들어온 것은 여자의 얼굴이었다.

그것도 아주 낯익은 여자.

순간 눈을 한 번 감았다 떴다.

분명했다. 가방 속에서 자신을 바라보는 여자는 신사임당이었다.

두툼한 5만 원 권 지폐 다발.

어림잡아도 스무 다발 이상이었다. 한 다발에 100장씩만 묶여 있다 하더라도…….

K는 숨을 삼켰다. 두근거리던 심장은 뛰다 못해 숫제 입 밖으로 튀어나올 것 같았다. 술기운이 단번에 가셨다. 정신이 말짱해지자 긴장감이 몇 배는 더해졌다.

'침착하자. 침착해.'

K는 다시 한 번 주위를 살폈다. 보는 이가 없다는 걸 확인하고는 지퍼를 닫았다. 절대 놓치지 않겠다는 듯 가방 손잡이를 꽉 쥐었다.

이건 내 거야!

갚아야 할 학자금 대출 액수가 머릿속을 스치고 지나갔다.
작년 여름, 돈이 없어 포기했던 유럽 여행도 생각났다.

K는 슬그머니 자리에서 일어났다.

"지금 정차할 곳은 청라국제도시, 청라국제도시역입니다. 내리실 분은……."

마침 지하철이 승강장으로 들어섰다.

K는 문을 향해 다가갔다.

그 순간, 옆 칸에서 달려오는 노인의 모습이 시야에 들어왔다. 땀에 전 머리카락이 이마에 착 달라붙어 있었다. 빼빼 마른 몸에 목이 잔뜩 늘어난 헐렁한 티셔츠 차림이었다. 이상할 정도로 큰 눈이 주름이 자글자글한 얼굴을 가득 채우고 있었다.

그 눈이 곧장 K에게로 향했다. 분노와 광기로 이글거리는 눈빛이었다. K는 그가 가방의 주인임을 단번에 알아봤다.

"내놔!"

노인이 소리쳤다.

동시에 지하철이 멈추며 문이 열렸다.

K는 갈등했다. 돌려줄 것인가, 아니면 이대로 도망갈 것인가?

"내놔!"

노인이 K를 향해 손을 뻗었다. 오랫동안 깎지 않아 날카롭게 자란 손톱이 유독 선명하게 눈에 들어왔다.

"내놔!"

잔뜩 쉰 목소리로 노인이 다시 소리쳤다.

K는 밖으로 몸을 날렸다. 문이 막 닫히려는 찰나였다.

푸시시.

거대한 짐승이 내뿜는 한숨 소리와 함께 지하철 문이 닫혔다.

쾅!

미처 빠져나오지 못한 노인이 주먹으로 문을 때렸다.

K와 노인의 눈이 마주쳤다. 노인이 핏발 선 눈으로 K를 노려봤다.

"내놔!"

노인이 얼기설기 이가 빠진 입을 크게 벌리며 외친 순간, 지독한 악취가 K의 코를 파고들었다.

죽은 생선을 여름 뙤약볕 아래 두고 일주일은 썩힌 것 같은 냄새였다. K는 자기도 모르게 뒤로 한 발 물러섰다. 지하철은 분노에 차 울부짖는 노인을 싣고 한없이 멀리 달려 나갔다.

K는 그제야 한숨을 쉬었다. 가방 손잡이를 쥔 손에 축축하게 땀이 배어 나왔다.

"이건 내 거야."

K는 가만히 중얼거렸다. 자신의 목소리였으나 지독히 낯설게 느껴졌다. K는 가방을 품에 안고 서둘러 지하철역을 빠져나왔다.

처음에는 정신이 없었고 시간이 조금 흐른 후에는 두려움이

밀려왔다.

CCTV에 찍히지는 않았을까?

그 노인이 분명 신고를 했겠지?

내 얼굴을 알아볼까?

설마…… 지금도 쫓아오는 건 아니겠지?

K는 섬뜩한 느낌에 뒤를 돌아봤다. 켜켜이 쌓인 어둠뿐이었다. 아무래도 아파트 단지로 들어가는 마지막 버스는 놓친 모양이었다.

'차라리 잘됐어.'

K는 내심 안도했다.

지금은 시원한 바람을 맞으며 조금 걷고 싶었다. 걸으면서, 이 돈을 어떻게 할 것인지 계획을 세울 필요가 있었다.

일단은 부모님 몰래 가지고 들어가 침대 밑에 숨겨 둔다. 그후 조금씩 나누어서 은행에 맡기면…….

K는 다시 고개를 획 돌렸다.

분명 인기척을 느꼈다. 인적 끊긴 도로는 이상할 정도로 고요했다. 평소라면 불을 밝혀야 할 가로등도 모조리 꺼진 채 침묵을 지켰다. 오직 어둠만이 살아 있는 생물처럼 꿈틀거릴 뿐이었다.

그리고…….

그 어둠 속에 누군가가 서 있었다.

훅훅.

숨을 내쉴 때마다 지독한 악취를 내뿜으며.

"누구야?"

K는 떨리는 목소리로 물었다. 한 손으로는 가방을 쥐고, 나머지 손으로 핸드폰을 꺼내 어둠을 비추었다.

어둠이 갈라지며 주위가 제법 환해졌다.

그 순간 어둠 속에서 노인이 튀어나왔다.

"내 거야!"

"으악!"

K는 물러섰다. 하지만 노인이 더 빨랐다. 마른 가지 같은 손가락으로 K의 어깨를 틀어쥐고는 그대로 밀어붙였다.

악취를 동반한 뜨거운 숨결이 K의 목덜미에 닿았다.

"악!"

날카로운 손톱이 K의 어깨를 파고들었다.

"으악!"

K는 다시 한 번 비명을 질렀다.

따악! 따악! 따악!

노인이 K의 목덜미를 물기라도 하려는 듯 윗니와 아랫니를 부딪치며 덮쳐 왔다. 노인의 탁한 눈동자가 광기로 번들거렸다.

죽는다.

이러다간 죽고 만다!

노인의 힘은 어마어마했다. 젊은 K가 당해낼 수 없는 수준이
었다.

"내 거야!"

노인이 또 한 번 외친 순간 K가 주먹을 뻗어 얼굴을 때렸다.
노인과 K의 자세가 동시에 무너졌다.

두 사람은 서로 엉키며 바닥에 쓰러졌다.

K가 밑에 깔렸다. 그 와중에도 K는 가방을 절대 놓지 않았다.
그걸 놓아 버린다면 정말로 끝일 것 같았다.

내 거야!

내 거라고!

K의 마음에도 그런 생각이 스멀스멀 솟아났다.

노인이 K의 목을 졸랐다.

"으윽."

K는 신음을 흘렸다.

"내 거야!"

하아. 하아.

겨우 숨을 쉬면서 K는 나머지 손으로 바닥을 더듬었다.

됐다!

무언가가 손에 잡혔다. K는 두 번 생각하지 않고 그걸 쥔 채
로 바로 휘둘렀다.

픽!

노인의 머리가 홱 돌아갔다. 하지만 충분하지 않았다. 목을 조르는 힘은 여전했다.

다시 한 번.

픽!

이번에는 효과가 있었다. 노인의 관자놀이가 움푹 들어갔다. 끈적끈적한 피가 흘러내렸다. 노인이 비틀거리며 손을 풀었다. K는 온 힘을 다해 노인을 밀어냈다.

"이건 내 거야! 내 거라고!"

K는 그렇게 외치며 노인을 덮쳤다.

픽!

픽!

픽!

손에 쥔 돌덩어리로 쉴 새 없이 내려쳤다.

피가 얼굴에 튀었다. 바닥에도 흥건했다. 노인은 머리가 깨진 채로 부들부들 떨었다.

"하아. 내 거라니까."

K는 돌멩이를 바닥에 버린 뒤 벌떡 일어나 달리기 시작했다.

한참 달리다가 힐끔 뒤를 돌아봤다. 쓰러져 있어야 할 노인의 모습이 보이지 않았다.

"으아악!"

깜짝 놀란 K는 비명을 지르며 집으로 내달렸다.

K의 집은 아파트였다. 현관 비밀번호를 누르는 동안에도 손이 벌벌 떨렸다. 간신히 문을 열고 들어갔다.

집 안은 평소와 다르게 불이 모두 꺼진 채로 어두웠다. 부모님은 아마 일찍 잠자리에 드신 모양이었다. 그편이 더 나았다.

K는 발소리를 죽이며 자기 방으로 들어갔다.

"하아."

침대에 걸터앉자 제일 먼저 한숨이 터져 나왔다.

"지독한 노인네였어. 진짜 지독했어."

하지만 결국 내가 이겼지!

크크크크.

K는 터져 나오려는 웃음을 억지로 참았다.

죽었다 생각했던 노인이 사라진 건 찜찜한 일이었으나 그 몸으론 더 이상 쫓아오지 못할 것이다. K의 손과 옷에는 피가 한가득 묻어 있었다.

"아예 머리통을 완전히 깼어야 하는데……."

K는 평소였다면 절대 하지 않았을 말도 서슴없이 했다. 흥분감이 K를 사로잡았다. 엄청난 양의 아드레날린이 K의 몸과 마음을 붙들고 끊임없이 충동질을 해대고 있었다.

"자, 확인해 볼까?"

K는 가방을 활짝 열었다.

그때였다.

거실에서 소리가 들렸다.

조심스레 발을 끄는 듯한 소리. K는 방문으로 다가가 문을 조금 연 상태로 거실을 살폈다. 거실 창문으로 핏빛 달이 들어와 어둠을 붉게 밝히고 있었다.

그 사이로 노인이 걸어 다녔다.

바로 그 노인이었다. 머리가 깨진 줄 알았는데 멀쩡한 모습이었다.

"K 들어왔니? 너 소식이 없어서 아버지가 마중 나갔는데 중간에 못 만났어?"

노인은 몇 마디를 늘어놓았다. 하지만 K에게는 단 한마디밖에 들리지 않았다.

"내 거야!"

K는 방 안을 둘러봤다.

구석에 세워 둔 야구방망이가 눈에 들어왔다. 그걸 들고 조심스레 거실로 나갔다. 최대한 발소리를 죽였다. 노인이 허리를 구부정하게 숙인 채 소파 쪽으로 돌아서 있었다.

"죽어!"

K는 힘껏 방망이를 휘둘렀다.

퍼억!

잘 익은 수박이 갈라지는 소리가 나면서 피가 튀었다.

"내 거야! 내 거라고!"

K는 소리를 지르며 계속 야구방망이를 휘둘렀다.

노인은 쉽게 죽지 않았다.

머리가 반쯤 깨진 상태에서도 K의 바짓가랑이를 붙잡고 중얼거렸다.

"내 거야…… 내 거야."

"그만해! 이젠 내 거야!"

퍼억!

퍼억!

정말이지 남은 힘을 다해서 노인의 머리에 풀스윙을 먹였다. 노인은 대자로 쓰러진 뒤 꼼짝도 하지 않았다.

K는 집도 안전하지 않다고 생각했다. 노인을 처치하긴 했지만 가방이 있는 한 누군가가 또 달려들 것만 같았다.

"안전한 곳으로 가야 해."

K는 가방의 지퍼를 닫고 다시 들었다.

아까보다 훨씬 무겁게 느껴졌다. 가방을 질질 끌다시피 해서 밖으로 나갔다. 숨을 곳이라고는 어디에도 없었다.

K는 할 수 없이 지하철역으로 돌아갔다. 다행히 서울역행 막차가 출발하기 직전이었다. K는 거의 몸을 날리다시피 해서 열차에 올랐다.

바로 빈자리에 앉은 K는 가방을 끌어안고 눈을 감았다. 불과 한 시간 정도 전의 일인데 아주 오랜 시간이 흐른 것만 같았다.

노인을 죽이고 말았지만 증거는 남지 않았으리라. 증거가 남 았다고 해도 정당방위라고 주장하면 될 것이다.

그런데 부모님들은 어디로 가신 걸까?

의문이 꼬리에 꼬리를 물고 일어났지만 다 감당하기에는 너무 나 피곤했다. 머리가 지끈거리고 팔다리가 말도 못하게 쑤셨다.

K는 잠시 졸았다. 그리고 눈을 떴는데 품 안에 가방이 없었 다. 놀란 K가 벌떡 일어났다.

옆 칸에 서 있던 한 여자와 눈이 마주쳤다. 여자가 K의 가방 을 들고 있었다. K는 옆 칸을 향해 무서운 얼굴로 질주했다.

"내 거야!"

K가 외쳤다.

"으악!"

여자가 비명을 지르며 지하철에서 내렸다. K가 따라 내리려 는 순간 문이 닫혔다.

쾅!

K는 손바닥으로 지하철 문을 때렸다. 그 순간 뭔가가 이상하 다는 사실을 깨달았다. 낯익은 노인의 얼굴이 유리에 비치고 있 었다.

K는 자기 손을 들어 보았다.

나이가 든 쭈글쭈글한 손이었다.

얼굴도 만져 봤다.

주름이 움푹 팬 노인의 피부였다.

"이, 이게 어떻게!"

목소리마저 노인의 것이었다.

푸쉬.

김빠지는 소리와 함께 문이 다시 열렸다. K는 기다렸다는 듯 튀어 나갔다. 저 멀리 달아나고 있는 여자의 뒷모습이 보였다.

그 여자를 보며 K는 중얼거렸다.

"내 거야!"

그런 뒤 미친 듯이 달려갔다.

습득물을 되찾기 위해.

그 후의 이야기는 알지 못한다.

공항 철도 전철 안에 낡은 가방이 떠돌아다닌다는 소문만 돌 뿐.

물론 진실은 알 수가 없다.

룸메이트

누군가에게 들은 이야기다.

문득 공기가 낯설게 느껴졌다. 공기 속에 비릿한 냄새가 섞여 있었다. 진아는 현관문 앞에 서서 가만히 집을 둘러봤다. 거실 창문이 조금 열려 있었다.

"아! 또……."

진아는 투덜거리며 집 안으로 들어가 거실 창문부터 닫았다.

"문 좀 닫아 놓고 가라니까."

진아는 얼굴을 찡그리며 코를 막았다.

아파트 뒤편으로는 큰 재래시장이 있다. 진아는 그곳에서 풍겨 오는 냄새가 싫었다.

"그냥 나가 달라고 할까 봐."

매번 문을 열어 놓고 외출하는 사람은 진아의 룸메이트인 혜수였다. 혜수는 갑갑한 걸 못 견디는 쪽이었다. 혼자 있을 때는 언제나 창문을 열어 놓고 살았다.

처음에는 참아 넘기던 진아도 시간이 흐르면서는 인내심이 바닥났다. 혜수 때문에 밖에서 들어오는 역한 냄새를 견딜 수는 없었다.

"혼자 있을 땐 모르겠는데 외출할 거면 창문을 꼭 좀 닫아 줘."

몇 번이나 그렇게 말했다. 하지만 혜수는 번번이 창문을 열어 놓았다. 진아는 룸메이트인 혜수가 마음에 들지 않았다.

애초에 둘은 성향이 완전히 달랐다. 진아가 꼼꼼하고 깔끔한 편이라면 혜수는 털털한 쪽에 가까웠다. 그렇다 보니 언제나 속앓이를 하는 건 진아 쪽이었다.

사실 두 사람은 잘 모르던 사이였다.

비싼 월세를 감당하기 힘들었던 진아가 인터넷으로 룸메이트를 구한 끝에 혜수와 만나게 되었다. 같은 여자고 서글서글한 성격까지, 처음 혜수를 봤을 때는 룸메이트로 손색이 없겠다고 생각했다.

하지만…….

"역시 남하고는 같이 사는 게 아니야. 아! 머리야."

진아는 머리가 아팠다.

문제는 창문을 열어 두거나 청소를 잘 하지 않는 것뿐만이 아니었다. 혜수는 집에 들어오거나 나가는 때가 정해지지 않았다. 어떤 때는 아침 일찍부터 나가기도 하고 어떤 때는 진아가 퇴근할 시간이 되어서야 일을 하러 간다고 외출했다.

외박을 하는 일도 잦았다. 처음에는 걱정도 했지만 이제는 그러려니 한다. 각자의 생활 방식까지 신경 쓰면 한도 끝도 없다. 그런데도 진아는 자꾸만 신경이 쓰이는 걸 무시할 수 없었다.

한참 단잠에 빠져 있을 때 샤워 소리가 들린다거나, 새벽에 문을 쾅 닫고 들어온다거나 할 때면 당장에 소리를 지르고 싶었다.

"나가!"

그래도 혜수는 월세는 꼬박꼬박 잘 냈다. 어디서 돈이 나는지는 알 수 없었다.

"다른 집들은 룸메이트가 돈을 안 줘서 걱정이라고 하는데 난 그건 아니니……."

진아는 한숨을 쉬며 옷을 갈아입었다. 이미 저녁 시간이었지만 혜수는 들어올 생각을 하지 않았다.

삐익!

잠결에 현관문 열리는 소리가 들렸다. 두 개 있던 디지털 열쇠 중 하나를 혜수에게 주었다. 혜수는 어쩐 일인지 문을 조심스레 닫았다.

'오늘은 술을 안 마셨나 보지?'

진아는 그렇게 생각하며 다시 잠에 빠져들었다.

아침이 되어 거실로 나가 보니 혜수의 방은 굳게 닫혀 있었다. 보나 마나 곯아떨어져 있을 것이다.

진아는 서둘러 출근 준비를 했다. 현관으로 나오던 진아는 잠시 멈칫했다. 뭔가가 이상했는데 그게 뭔지 알 수 없었다. 진아는 그 길로 바로 출근했다.

진아가 집으로 돌아온 것은 늦은 저녁이었다. 야근 때문에 퇴근이 늦었다. 현관문을 연 진아는 제일 먼저 거실 창문부터 살폈다.

이번에는 닫혀 있었다. 게다가 집 안 전체에 인기척이 느껴지지 않았다.

'뭐야? 또 나간 거야?'

진아는 집 안을 둘러봤다. 혜수의 방문은 아침에 봤을 때와 마찬가지로 닫혀 있었다.

배가 고팠던 진아는 옷도 갈아입지 않고 냉장고부터 열었다.

"어?"

그저께 사둔 밑반찬 몇 개가 싹 빈 상태였다.

진아는 고개를 갸웃했다.

'혜수가 언제 다 먹은 거지? 게다가 설거지도 싹 다 해놓고.'

반찬이 없어진 건 기분이 나빴지만 혜수가 설거지를 잘해 놓았다는 사실은 분명 좋은 일이었다.

진아는 싱크대 서랍을 열어서 라면을 꺼냈다. 라면은 김치 하나면 충분했다.

"라면도 사 놓아야겠네. 두 개밖에 안 남았어."

진아는 내일 퇴근길에는 장을 봐야겠다고 생각했다. 밑반찬도 사고 라면도 사놓을 생각이었다.

그날 밤이었다. 예민한 진아는 얕은 잠과 깊은 잠 사이에서 방황하고 있었다.

여러 가지 꿈을 꿨다.

꿈속에서 혜수가 나왔다. 혜수는 평소처럼 화려한 옷을 입고 집 안 이곳저곳을 돌아다니고 있었다.

그때마다 집 안의 공기가 달라졌다.

공기?

진아는 잠결에도 이상하다는 느낌을 받았다. 자신을 둘러싼 공기가 달라진 느낌이었다.

인기척이 느껴졌다.

누군가가 자신의 방 안으로 들어온 것 같았다.

뭐지?

진아는 잠결에 몸부림을 쳤다. 소름이 끼쳤다. 진아는 눈을 뜨며 벌떡 일어났다.

아무것도 없었다. 그저 어둠뿐이었다.

'몸이 허한가? 악몽을 다 꾸고.'

진아는 숨을 몰아쉬며 침대에서 내려왔다. 차가운 물 한 잔을 마실 생각이었다. 진아가 거실로 나오자 차가운 공기가 몸을 에워쌌다.

집 안이 왠지 모르게 낯설게 느껴졌다. 혜수의 방문은 여전히 굳게 닫혀 있었다.

다음 날 진아는 마트에서 간단하게 장을 본 뒤 집으로 돌아왔다. 혜수는 이번에도 보이지 않았다.

'집에 들어오긴 한 건가?'

이상하다는 생각을 하며 라면을 넣기 위해 싱크대 서랍을 연 진아는 깜짝 놀랐다. 어젯밤까지만 해도 남아 있었던 라면 두 개가 사라지고 없었다.

혜수의 짓이 틀림없었다.

룸메이트 계약을 했을 때가 생각났다. 다른 사람의 물건이나 음식은 건드리지 않는다. 주거 장소만 공유할 뿐이다.

어제 밑반찬까지는 넘어가려 했지만…….

진아는 화가 났다.

계속해서 부탁이나 규칙을 어기면 나가 달라고 할 수밖에 없다. 진아는 그 이야기를 하려고 혜수의 방문을 두드렸다.

똑똑.

아무런 반응이 없었다.

"혜수야."

불러 봐도 대답을 하지 않았다.

'방에 없는 걸까?'

하긴 다시 외출했을 수도 있었다. 진아는 방문을 한번 열어 볼까 하다가 참았다. 그렇게까지는 하고 싶지는 않았다.

"하아."

한숨을 한 번 쉬고 돌아섰다. 대신에 포스트잇에다 주의 사항을 적어서 방문에 붙여 두었다.

이러면 볼 수밖에 없을 것이다.

진아는 저녁을 먹은 뒤 자신의 방 화장실에서 샤워를 하고 TV를 조금 보다가 잠자리에 들었다.

이상할 정도로 잠이 오지 않았다. 어젯밤에 느꼈던 그 낯선 감각이 오늘도 이어졌다. 분명히 매일 잠을 자던 침대이고 방인데 잠자리가 바뀐 것처럼 불편하고 어색했다. 게다가 혜수는 진아가 잠들기 전까지도 들어오지 않았다.

'이렇게 신경이 쓰이는 건 다 혜수 때문이야.'

진아는 그런 생각을 하다가 스르르 잠에 빠져들었다.

밤이 깊었다. 진아는 모처럼 깊이 잠들어 있었다. 그 소리가 들리기 전까지는.

쓰윽.

쓰윽.

쓰윽.

무언가가 바닥을 쓰는 듯한 소리가 들렸다.

진아는 설핏 잠에서 깨어났다.

'무슨 소리지?'

자신이 꿈을 꾸고 있는지 현실 속에 있는지 알 수 없었다.

쓰윽.

쓰윽.

쓰윽.

소리는 계속 들렸다.

진아는 몸을 뒤척이려고 했다. 하지만 가위에 눌린 듯 잘 움직일 수가 없었다. 시선이 느껴졌다. 위에서 자신을 내려다보는 듯한 섬뜩한 시선이었다.

진아는 몸부림을 치다가 겨우 눈을 떴다.

이번에도 어둠뿐이었다. 하지만 방 안의 공기가 분명 달랐다. 방금 전까지 낯선 무언가가 침대 옆에 서 있었다. 너무 놀란 진아는 거실로 뛰쳐나왔다.

그때였다.

딩동!

초인종이 울렸다.

진아는 반사적으로 시간을 확인했다. 새벽 2시였다.

"이 새벽에 누구지?"

딩동!

초인종이 다시 한번 울렸다. 진아는 인터폰에 대고 물었다. 낡은 아파트라 화면을 볼 수 없다는 게 너무 아쉬웠다.

"누, 누구세요?"

"늦은 시간에 죄송합니다. 경찰서에서 나왔습니다."

"경찰서요?"

"네. 잠시 들어가도 되겠습니까?"

진아는 망설였다. 아무리 경찰이라고 해도 무턱대고 문을 열어줄 수는 없었다. 아니, 애초에 경찰인지 아닌지도 알 수 없었다.

"경찰이 무슨 일로……."

"박혜수 씨라고 아시나요?"

경찰이 물었다.

"박혜수? 혜수 말인가요? 무슨 일이죠?"

"자세한 설명은 만나 뵙고 드리겠습니다."

"알겠습니다. 잠시만 기다려 주세요."

진아는 카디건 하나를 걸친 뒤 서둘러 문을 열었다. 경찰 복장을 한 남자 두 명이 서 있었다. 그중 한 명이 신분증을 보여 줬다.

"실례합니다. 워낙 급한 일이라."

경찰이 꾸벅 고개를 숙였다.

"무, 무슨 일이죠?"

"박혜수 씨와 어떤 사이입니까?"

경찰이 물었다.

"룸메이트입니다. 하지만 그렇게 잘 아는 사이는 아니었어요. 그저 집을 나눠 쓰는 정도였거든요. 그나저나 혜수에게 무슨 일이라도 생긴 건가요?"

"네. 박혜수 씨가 한 시간 전에 시체로 발견되었습니다. 사망 후 사흘 정도가 지난 것 같습니다."

"네? 혜수가 주, 죽었다고요?"

"안타깝지만 살해되셨습니다."

진아는 다리에 힘이 풀려 주저앉았다.

"괜찮으십니까?"

경찰이 진아를 부축하며 물었다.

"어디서…… 혜수를 어디서 발견하셨나요?"

"박혜수 씨가 일하던 술집 지하에서 발견했습니다. 퇴근한다고 나간 후 소식이 없자 술집 주인이 신고를 했고 수색하던 중에 저희 경찰에 의해서 발견되었습니다. 목이 졸린 상태였습니다."

너무나 끔찍한 소식이었다. 진아는 구토가 나오려는 걸 간신히 참았다. 그때 머릿속으로 한 가지 생각이 스치고 지나갔다.

"잠깐만요."

진아는 경찰에게 눈짓을 보냈다. 눈치 빠른 경찰의 표정이 대번에 굳어졌다.

'혜수는 분명 그제 집으로 돌아왔어. 그런데 혜수가 사흘 전에 죽었다고? 내가 문 열리는 소릴 분명히 들었는데!'

그러고 보니 자신이 출근을 하면서 이상하게 느꼈던 점이 무엇인지도 생각났다.

혜수의 구두가 보이지 않았다.

그날 아침에도, 그리고 그날 이후에도.

그렇다면 문을 열고 들어온 사람은 누구인가?

밑반찬을 먹고 라면까지 먹어 치운 사람은…….

진아의 몸이 벌벌 떨렸다.

"왜 그러십니까?"

경찰이 깜짝 놀라며 물었다.

"집에…… 집에 낯선 사람이 들어와 있는 것 같아요. 혜수 대신에."

진아의 말을 들은 경찰 두 명이 집 안으로 성큼 들어왔다.

"박혜수 씨 방은?"

진아는 혜수의 방을 가리켰다. 경찰 두 명은 서로 눈짓을 보낸 뒤 방문을 벌컥 열었다. 방문은 잠겨 있지 않았다. 혜수의 방은 지저분했다.

하지만 그것뿐이었다. 다른 사람이 보이지는 않았고 빈 상태 그대로였다.

"휴."

진아는 가슴을 쓸어내렸다. 자신이 과민했던 것이다.

"죄송합니다. 제가 뭔가를 착각했나 봐요."

진아는 그렇게 말하며 왜 그런 의심을 했는지 경찰들에게 설명했다. 그러자 경찰들의 표정이 싹 바뀌었다.

"왜, 왜 그러세요?"

경찰들은 가만히 있으라고 말한 뒤 진아의 방으로 들어갔다. 잠시 후 고함 소리가 들렸다.

"빨리 나와!"

진아는 깜짝 놀라 뒤로 물러섰다. 경찰들이 시커먼 옷을 입은 남자를 끌고 거실로 나왔다.

"당신을 무단 주거 침입 및 박혜수 살해 용의자로 체포한다."

경찰 한 명이 남자에게 수갑을 채웠다.

"어떻게…… 어떻게?"

진아는 눈을 껌벅이며 같은 말만 반복했다.

"저 남자…… 그쪽 분 침대 밑에 숨어 있었습니다."

경찰의 그 말을 들은 진아는 그 자리에서 쓰러져 정신을 잃고 말았다.

물론 진실은 알 수가 없다.

지하실

누군가에게 들은 이야기다.

친구와 함께 밤길을 달리고 있었다. 어두컴컴한 국도였다. 우리는 지방에 있는 상갓집에 다녀오는 길이었다.

우리 두 명의 친구, 그러니까 A의 아버지가 돌아가셨다는 연락을 바로 어제 받았다. A와는 꽤 친했기에 조문을 다녀오는 것은 당연한 일이었다.

우리는 각자 일을 마치고 오후 늦게 출발해 상갓집에 도착했다. 그곳에서 조문을 하고 A를 위로하고는 다시 집으로 향했다.

아무리 서둘렀다고는 하지만 이미 출발했을 때가 초저녁이었고, 국도로 접어들었을 때는 해가 완전히 져 있었다.

"심심한데 이야기나 할까?"

내내 조용하던 친구가 입을 열었다.

"이야기? 갑자기 무슨."

친구는 원래 말이 많은 녀석이 아니었다. 아마 내가 졸까 봐 염려를 해주는 것이리라.

"그냥 이런저런 이야기. 앞으로 두 시간 가까이 남았잖아."

우리는 자주 만나서 서로의 근황을 공유했으므로 딱히 나눌 이야기가 없었다. 게다가 내려가는 길에 이미 할 이야기는 다 했다. 내 생각을 읽었는지 친구 녀석이 웃으며 덧붙였다.

"요즘 흥미 있게 읽은 기삿거리 없어? 그런 거라도 나눠 보자고."

별일이 다 있네.

나는 그렇게 생각하면서도 몇 가지 기사에 대해 말했다. 친구는 고개를 끄덕이며 내 이야기를 들었다.

그런데 응, 이라고 대답을 하는 것과 고개를 끄덕이는 것 모두 건성이라는 느낌이 강하게 들었다.

나는 슬그머니 화가 났다. 자기가 먼저 이야기하자고 해 놓고선. 나는 다시 입을 다물었다.

그러자 친구가 입을 열었다.

"넌 저주에 대해서 어떻게 생각해?"

"응?"

갑자기 무슨 소린가 싶었다.

친구는 지극히 이성적인 녀석이었다. 허튼소리를 할 스타일도 아니었다. 그런데 저주 운운하다니…….

"갑자기 무슨 저주야? 너 요즘 무슨 고민 있어?"

내가 물었다.

친구는 말없이 고개를 젓더니 안전벨트를 고쳐 맸다. 어딘가 불편해 보이는 얼굴이었다.

"며칠 전에 신문 기사를 봤거든. 너 예전에 내가 살았던 동네 알지? 그 동네 어떤 건물 지하에서 여자 시체가 나왔대."

"정말?"

"응. 내가 고등학생이던 무렵에 우리 동네에서 여고생 한 명이 실종됐거든."

"그럼 발견된 시체가 그 여고생이라는 거야?"

"그건 아직 모른대. 지하실은 오랫동안 비어 있었어. 그 건물, 나도 잘 알거든. 예전에는 원단 공장이 들어와 있었고 그 전에는 재단 공장이 들어와 있었어. 두 공장이 있기 전에는 막 지어진 새 건물이었지. 난 그 건물이 지어지기 시작하던 무렵에 그 주위를 자주 지나다녔어. 시멘트 같은 것들이 아무렇게나 널브러져 있었지."

"꽤 오래전 이야기구나. 우리가 고등학생 때니."

"맞아. 그땐 도둑 걱정 같은 것도 덜했나 봐. 그러니까 공사

자재가 그렇게 아무렇게나 놓여 있었지."

"그래서?"

"그래서라니?"

"그 사건 말이야. 어떻게 된 거래?"

"아…… 그 사건."

친구는 아까부터 어딘가에 정신이 팔려 있는 듯했다.

녀석이 졸린 건가?

그렇게 생각해서 힐끗 옆을 돌아봤지만 친구는 눈을 부릅뜬 채 앞을 노려보고 있었다.

"내가 어디까지 이야기했더라……."

"비어 있었다고. 지하실 말이야. 오랫동안 비어 있었다고 했잖아."

"맞아. 그랬지. 오랫동안 비어 있었는데 그 건물 주인이 새로 세를 놓으려고 지하실을 치웠나 봐. 그러다가 발견한 거야."

"뭐를?"

국도는 지독하게 어두웠다. 간간이 보이는 가로등은 그야말로 아무런 도움도 되지 않았다. 산 쪽에서 뭔가가 갑자기 튀어나온다 해도 반응할 수 없을 정도였다.

나는 전방을 주시하며 친구의 이야기에 귀를 기울였다. 분명히 라디오를 켜둔 것 같은데 이상하게도 소리가 들리지 않았다.

"바닥 한쪽 구석에 시멘트를 덧댄 흔적을 발견한 거지."

"그럼 근 10년 가까이 지하실을 살펴본 적이 없다는 거네?"

"그랬나 봐. 다행인 건지 불행인 건지……. 아무튼 그 흔적이 이상해서 거길 파 보게 된 거야."

"그랬더니 시체가 나왔다?"

"그렇지. 구덩이 아래 시체가 들어앉아 있더래. 겨울옷을 입은 시체가. 여자였대. 여자는 목이 졸린 채로 죽어 있었어."

"오! 그 건물 주인은 진짜 놀랐겠네."

"그랬겠지. 경찰에 신고도 하고 난리도 아니었나 봐."

"그랬으니까 신문에도 났겠지."

내가 말했다.

어쩐지 맥이 빠지는 이야기였다. 건물 지하에서 발견한 오래된 시체 이야기는 그것이 사실이든 아니든 이제는 흔한 이야기처럼 되어 버렸다.

"아니. 신문에 기사가 실린 이유는 따로 있어."

친구가 말했다. 친구의 목소리는 무미건조했다. 의무적으로 말을 하는 듯한 느낌이었다. 게다가 나에게 전혀 신경을 쓰고 있지 않았다.

친구는 뚫어져라 앞만 바라봤다. 나를 향해 고개를 돌리는 일도 없었다.

"기사가 실린 이유가 따로 있다고?"

"응. 경찰이 시체의 신원을 확인하려고 그 건물에 세 들었던 사람들을 수소문했던가 봐. 그런데……."

친구는 한 번 침을 삼킨 후 말을 이었다.

"지난 10년 정도 동안 그 건물에 세 들었던 사람들 중에 여섯 명이 사고나 병으로 죽었다는 거야."

"진짜?"

"응. 원단 공장 사장은 교통사고로 죽었고, 그 사장의 부인은 남편을 잃은 슬픔에 자살을 했대. 재단 공장 사장은 암으로 죽었고, 거기서 일하던 직원들 둘도 각각 화재와 급성 간염으로 죽었다는 거야. 그리고 마지막은 가장 최근까지 세 들어 살았던 단추 공장 사장인데, 이 사람도 공장이 경영난을 겪으면서 자살을 했대. 결국 여섯 명이 죽은 거지."

"그래서 네가 아까 저주라는 단어를 입에 올린 거야?"

"그 단어는 기사에 나왔어. 주위 사람들이 죽은 여자의 저주 때문에 사람들이 죽어 나간 거라고 수군거리나 봐."

"근데 진짜 이상하긴 하네. 무슨 일이 있었던 걸까?"

"그러게 말이야. 우리 한번 상상해 볼까? 이를테면 추리를 한번 해보는 거지."

친구의 뜬금없는 말에 나는 고개를 갸우뚱했다. 친구는 그런 걸 즐기는 쪽이 아니었다.

"난 모르겠네. 네 생각은 어때?"

내가 친구를 향해 물었다.

"글쎄……. 아마 이러지 않았을까?"

친구는 정면을 바라보며 천천히 입을 열었다.

"10여 년 전 그때 사라진 여고생이 바로 그 시체인 거야."

"음……."

"겨울이었지. 그 여고생을 짝사랑하던 남자애가 있었을 거야."

"흔한 설정이군."

나는 굽은 도로를 따라 핸들을 돌리며 말했다.

도로는 갈수록 어두워졌다. 더불어 눈꺼풀이 점점 무거워지기 시작했다.

자면 안 돼.

자면 절대로 안 돼.

몇 번이나 되뇌었지만 소용이 없었다. 친구에게 운전을 부탁할까 생각했는데도 웬일인지 그 말이 입에서 떨어지질 않았다.

친구는 그런 내 상태를 아는지 모르는지 계속 이야기를 이어갔다.

"여자애는 그 남자애를 겨울바람보다 더 쌀쌀하게 대했을 거야. 그날 밤에도 마찬가지였어. 남자애는 제발 한 번만 만나 달라며 여자애를 불러냈지. 이제 막 지어지기 시작한 건물의 공사장으로 말이야. 여자애는 마지못해 나왔겠지. 나오지 않으면 동네방네 소문을 내고 다니겠노라고 남자애가 협박을 했을지도 모르는 일이지. 아무래도 여자 입장에서는 일방적인 소문 같은

게 신경 쓰일 수밖에 없으니까."

나는 위태롭게 운전을 계속했다. 입술 안쪽을 잘근 씹어 봐도 좀처럼 졸음에서 벗어날 수가 없었다.

"그래서 둘은 만났던 거야. 그 공사장에서. 남자애는 또 구애를 했을 거고, 여자애는 싫다고 거절을 했겠지. 뻔한 이야기야. 내가 생각해도."

친구는 숨을 한 번 골랐다. 그러고는 말을 이어갔다. 오늘따라 말이 참 많았다.

"여자애가 남자애에게 모욕적인 말을 했을지도 몰라. 절대 해서는 안 될 말. 그 순간 남자애가 욱한 거야. 참고 또 참았던 분노가 한꺼번에 터진 거지. 사실 남자애가 분노할 일은 아니었어. 거듭된 거절에도 계속 구애를 한 남자애 쪽이 백 번 천 번 잘못한 거니까. 하지만 당시의 남자애가 그런 걸 알 리 없었지. 남자애는 여자애에게 달려들었지. 그러고는 목을 조른 거야. 이렇게."

친구는 허공으로 팔을 뻗어 보이지 않는 누군가의 목을 조르는 시늉을 해 보였다.

그 모습이 섬뜩했지만 나는 아무 말도 할 수 없었다. 하품이 계속 쏟아져 나왔다. 친구는 말을 빨리했다.

"남자애가 정신을 차리고 보니 여자애는 죽어 있었어. 그제야 큰일 났다는 걸 깨달았지. 이대로 그냥 두면 자신의 인생은 끝장난다는 사실을 알게 된 거야. 누군가의 인생을 끝장내 놓고 정작 자신은 그런 걱정을 하다니, 남자애는 아주 나쁜 놈이었던 게 틀림없어. 아무튼 남자애는 공사 중이던 그 건물 지하실에 여자애를 묻었을 거야. 그러고는 시멘트를 뭉개서 덮어 버린 거지. 어떻게 들키지 않았는지는 몰라. 아주 지독한 우연 몇 개가 맞물려서 10년 넘게 들키지 않았던 건지도 모르겠어."

이제 그만 좀 떠들고 운전을 대신해줘!

그 말을 하고 싶었으나 입을 열 수 없었다.

"원한을 가득 품고 죽은 여자애는 원귀가 되었던 거야. 그 기운이 건물 곳곳으로 뻗어 나갔던 거지. 한마디로 저주. 담이 약하거나 기가 허한 사람들 혹은 그 건물에 오래 살던 사람들은 여자애의 저주에 시달리다가 죽어 나간 거고. 자살이 대표적인 경우지. 병사나 사고사도 마찬가지야. 생각해봐. 10년 된 저주라니, 오싹하지 않아?"

"으응."

친구의 물음에도 나는 불명확하게 대답을 흘릴 뿐이었다.

이제 그만 눈을 감고 싶었다.

분명 술은 마시지 않았는데…….

밥도 일부러 적게 먹었는데…….

"남자애는 어떻게 됐을까? 건물에 저주가 쏟아질 정도인데 남자애라고 멀쩡하지는 않았겠지. 난 그 남자애도 원귀에 계속 시달렸을 거라고 봐. 어느 날부터 귀신을 보게 됐을 거야. 물끄러미 자신을 바라보고 있는 여자애 귀신을. 겨울옷을 입은 채 사시사철 나타나는 그 귀신을 보며 남자애는 차츰 말라 갔을 거야. 귀신은 남자애를 쉽게 죽이지는 않았을걸. 두고두고 괴롭히는 쪽을 선택했을 거야. 남자애가 점점 자라면서 성인이 되어서까지 고통을 받도록."

모든 게 흐릿하게만 보였다. 눈을 아무리 깜박여도 마찬가지였다. 이제 끝이라는 생각이 들었다.

아는지 모르는지 친구는 계속 떠들기만 했다.

"남자애, 아니구나. 이제는 그냥 남자라고 해야겠구나. 아무튼 그 남자는 오랜 고생 끝에 귀신을 쫓는 주문 같은 걸 얻게 되었을지도 몰라. 그래야 살아남을 수 있으니까. 이를테면 이런 주문이겠지."

친구는 진지한 얼굴로 정면을 보며 천천히, 알아들을 수 없는 말을 했다.

"옴나니 발라 사마티 살라 오브라."

묘한 리듬을 가진 주문이었다.

친구의 목소리가 차 안에 울려 퍼졌다.

"옴나니 발라 사마티 살라 오브라."

나도 모르게 친구의 주문을 따라 했다.

그 순간, 그야말로 거짓말처럼 졸음이 싹 달아났다.

눈앞이 확 밝아졌다.

자동차는 국도변 가드레일을 향해 달리고 있었다. 나는 화들짝 놀라며 핸들을 꺾었다.

끼이익.

도로에 귀를 찢는 타이어 소리가 울려 퍼졌다. 우리 차는 간신히 부딪치지 않고 차선으로 진입했다.

"휴."

나도 모르게 한숨이 새어 나왔다.

"다행이야."

친구가 태연한 목소리로 말했다.

"너 다 알고 있었으면서 왜 날 깨우지 않았어?"

나는 화가 나서 소리를 쳤다.

"뒷좌석에 누가 타고 있었어."

친구가 조용히 말했다.

"뭐?"

"아까 상갓집에서 출발해서 국도에 진입했을 무렵에 발견했어. 뒷좌석에 타고 있던 귀신을."

"뭐라고?"

도저히 믿을 수 없는 이야기였지만 나는 오싹한 기운을 느꼈다. 룸미러로 뒷좌석을 살폈다.

"없어. 지금은 사라졌어."

친구가 말했다.

"지, 진짜 귀신이었다고?"

"응. 한복을 입은 남자가 뒷좌석에 앉아서는 우릴 보고 계속 웃고 있었어. 길게 찢어진 입을 한껏 벌린 채로."

"그, 그럼 내가 계속 졸았던 것도……."

"맞아. 귀신의 소행이었을 거야. 아무래도 상갓집에서 나쁜 게 묻어 온 건가 봐. 원래 그런 곳에는 잡귀들도 많이 몰리는 법이라잖아."

"그래서 주문을?"

"응. 귀신이 눈치 채지 못하게 주문을 외려면 이야기를 하는 수밖에 없었어. 그래서 구질구질한 이야기를 길게 했던 거야. 아마 안 그랬으면 귀신이 금세 우릴 공격했을 거야."

그 생각을 하니 등골이 서늘해졌다.

"그런데 넌 어떻게 그 주문을 알고 있어?"

내 물음에 친구는 아리송한 표정으로 미소를 지었다.

그때 퍼뜩 한 가지 생각이 내 머릿속을 스치고 지나갔다. 나는 떨리는 목소리를 애써 가다듬으며 질문을 했다.

"그것보다 넌 그 여자애 이야기를 어떻게 그렇게 자세히 알고 있는 거야? 목이 졸린 채 죽었다는 건 기사에 나와 있지도 않은 것 같은데."

친구는 고개를 돌려 창밖을 바라봤다.

그러고는 툭 한마디를 덧붙였다.

"그 남자애가 나거든."

국도의 끝이 보였다.

가로등의 수가 늘어났다.

하지만 내 마음속에 드리운 어둠은 쉽게 가시지 않았다.

물론 진실은 알 수가 없다.

방
문
자

누군가에게 들은 이야기이다.

인터넷 사이트에 게시물 하나가 올라왔다. 올린 사람 닉네임은 '낚시'였다.

나 반지하에 사는데 밖에서 누가 자꾸 문 두드림.

곧 댓글이 주르륵 달렸다.

-개소리.
-인증 고고~~

-밤이잖아! 무서워.

-그거 귀신이야.

-누구냐고 물어봐.

잠시 후 '낚시'가 다른 글을 올렸다. 이번에는 제법 길었다.

진짜임. 방금 전까지 문 두드리다가 이제는 갔음.

나 XX대 학생이고 작년부터 서울에서 자취하고 있음.

여기에도 몇 번 글 올려서 기억하는 사람 있을 거임.

원래 살던 원룸 비워 달라 해서 새로 구해야 하는데 어디가 좋으냐고 물어봤거든.

그러다가 바로 일주일 전에 이사한 거임.

인증할 수도 있음.

금요일 저녁, 자정을 향해 가는 시각.

방구석에 틀어박혀 컴퓨터 앞에서 혹은 스마트폰을 붙잡고 인터넷을 하던 사람들에게는 충분히 신선한 '떡밥'이었다. 기다렸다는 듯 댓글들이 달렸다.

-나 이 형 기억해. 반지하도 괜찮은 거냐고 몇 번 물어봤음.

-오! 진짜면 완전 소름.

-어느 동넨데?

-닉을 봐라. 낚시잖아. 다 낚이고 있는 거야!

-인증 고고~~

-인증 없으면 뭐다?

-근데 그 상황에서 인터넷을 하냐?

-하급 어그로.

-어그로 실패!

'낚시'가 반응을 보이지 않는 사이 다른 회원들이 몇 가지 정보를 알아냈다.

-낚시 형 지난 글 검색해 봤는데 사실임.

-진짜네! 대학생이고 방 구하는 글 몇 달 전에 올렸네.

-진짜라고?

-반전!

-그래도 너무 흔한 글이다.

-참신한 어그로가 그립다.

-귀신이 무섭냐? 사람이 무섭냐?

얼마 지나지 않아 '낚시'가 다시 글을 올렸다.

진짜 무섭다. 방금 또 왔어. 나 어쩌면 좋나?

이번에는 댓글들도 호의적이었다. 걱정 반, 관심 반인 댓글들이 쭉 달렸다.

-뭐야? 정확히 무슨 일이야?
-누가 문을 두드린다고?
-이 시간에 남의 집 문 두드리면 사이코 아냐?
-나가 봐.
-문 열어 봐.
-글쓴이 조심해.
-어떤 상황인지 자세히 말해 봐!
-집이 어떤 구조야.
-야. 이 상황에 인증할 정신이 있겠냐?

마지막 댓글이 달리기 무섭게 사진 한 장이 올라왔다.

흔하디흔한 자취방 풍경이었다. 방은 하나고 벽에는 작은 침대가 붙어 있다. 싱크대에는 설거지가 가득 쌓였다. 옷은 대부분 침대 위에 올라간 상태고 바닥은 만화책과 정체 모를 화장지 뭉치들로 발 디딜 틈조차 없어 보였다.

그나마 깨끗한 곳은 컴퓨터 주변이었다. 국그릇에 담뱃재가

수북이 쌓여 있기는 했지만 적어도 사람이 산다는 흔적은 보였다.

컴퓨터 책상 옆쪽, 침대 바로 위에는 창문이 하나 나 있었다. 김밥 김 한 장을 붙여 놓은 듯 작고 볼품없는 창이었다. 조금 열린 그 창 너머로 한 단 위로 올라온 도로가 보였다.

여기 내 방 인증.

봐, 반지하고 지금은 나밖에 없다.

사진이 등장하자 분위기는 아까보다 더 달아올랐다. 어디서 듣고 왔는지 신규 회원들도 확 늘어났다. 모두 낚시의 한마디 한마디에 신경을 곤두세웠다.

며칠 전에도 비슷한 일이 있었어.

오늘이랑 비슷한 시간이었는데 롤을 하고 있었음.

근데 계속 통, 통, 통 이런 소리가 들리는 거임.

헤드셋을 벗어 보니까 누가 우리 집 문 두드리는 소리였음.

나는 누군가 싶어 현관으로 갔어.

우리 집이 아주 좆같아서 아파트에 있는 튼튼한 문이 아니라 섀시라고 하나, 까만색 그거, 아무튼 옛날 스타일 문이야.

-나 알 것 같다. 외할머니 댁에 가면 있는 문이다!

이제는 실시간으로 댓글이 달렸다.

-나도 알겠다. 간유리가 달려 있지.
-저런 문은 발로 한 번 차면 그냥 부서지는 거 아냐?
-조용히 해봐. 낚시 형 이야기하잖아!
-계속해, 낚시 형.

……누가 현관문을 두드리더라고. 큰 소리는 아닌데 진짜 거슬리는 거야.
통. 통. 통. 통.
이런 소리였음. 내가 누구냐고 물으니까 소리가 멈췄거든.
살짝 무서워서 한참 서 있었음.
일부러 음악도 크게 틀고 친구들하고 같이 있는 것처럼 혼자서 막 떠들고 그러면서.

-와, 흥미진진!
-나라면 지렸을 듯.
-그래서 어떻게 됐는데?
-그러다가 문을 열었는데…… 냄새가 났어.
-냄새?

비린내. 생선 비린내 같은 건 아니고 뭐라고 설명해야 할지 모르겠는데, 속이 울렁거리고 콧구멍 속이 근질근질한 그런 냄새임. 아주 지독했어.

-글쓴이 조심해라. 비린내는 특히 조심해.

-앤 또 무슨 소리야?

-내가 아는 게 있어서 말하는 거다.

-아는 게 뭔데?

-비린내는 귀신 냄새야. 옛날부터 그랬어. 귀신이 지나간 자리에 비린내가 남는다고.

-오! 전문가 등장!

-괜한 소리 해서 낚시 형 겁주지 말자, 우리.

-그래. 낚시 형은 신경 쓰지 말고 오늘 일이나 말해 줘.

나 지금 너무 떨리고 무서운데 여기 글이라도 안 쓰면 미칠 것 같아서 계속 쓴다.

-알았으니까 계속해 봐.

아까 말했던 것처럼 오늘도 누가 문을 두드렸어.

방금 전 일이야. 한참 두드리더니 이젠 가 버렸어.

내가 누구냐고 아무리 물어도 대답도 없이.

미리 말하는데 찾아올 빚쟁이도 없고 전 여친도 없음.

술 취한 놈 아닐까 생각도 해 봤는데 여긴 번화가하고도 거리가 멀고 근처에 술집도.

낚시의 글은 뚝 끊겼다.

-뭐야? 무슨 일이야?
-낚시 형 무슨 일 있어? 왜 글을 쓰다 말아?
-???
-이거 느낌이 안 좋다!
-누가 경찰에 신고 좀 해!
-글쓴이 집이 어딘지 알고?
-잠깐만. 나 지금 구글링 들어간다.

게시판은 들끓었다.

처음에는 '주작'이나 '설정 놀이'를 의심했던 네티즌들도 상황이 심상치 않게 돌아가는 것을 보며 걱정하기 시작했다. 자신의 경험담을 쏟아 내는 이들도 있었다.

그러던 중 낚시가 다시 글을 올렸다.

또 왔어! 또 문을 두드려!

-완전 소름!

-뭐야? 진짜야?

계속 문을 두드리는데 키가 커. 그리고 몸을 문에 딱 붙이고 있어.

-그냥 나가 봐.

-아니야! 미친놈일지도 모르니까 빨리 경찰에 신고해.

-이 형 진짜 답답하네. 글 쓸 시간에 신고부터 하라니까!

전화가 안 돼. 아까부터 아예 신호가 안 잡혀.

-헐?

-레알?

-와! 나 방금 소름 돋았다!

-창문으로는 밖으로 못 나가?

문을 계속 두드려! 두드리는 소리가 점점 커져!

낚시의 댓글이 달리기가 무섭게 갑자기 동영상 하나가 올라왔다. 실시간 스트리밍 동영상이었다. 동영상을 올린 사람도 역시 낚시였다.

캠으로 중계할 테니 다들 보고 있어.

그리고 우리 집 주소 서울시 은평구 XX동 264-4번지 지층이야. 누가 아무나 좀 신고해 줘!

낚시의 모니터에 달린 캠은 정확히 현관 쪽을 비추고 있었다. 까만 화면이 이어지더니 이내 방 안 풍경이 나타났다. 거친 입자의 화면 속에 방금 전 낚시가 찍어서 보여준 방의 모습이 그대로 드러났다.

-실시간이다! 실시간!
-내가 신고했다.
-나도!
-신고 완료!
-근처에 사는 사람 없냐? 아무나 좀 도와주러 가!
-그러게. 난 지방이라서. ㅜㅜ
-잠깐만 있어 봐. 나온다!
-소리도 들려. 스피커 켜봐!
-진짜 역대급이다.
-갑자기 캠은 왜? 그냥 광고 아냐?
-저 형이 증거 남기려는 거잖아. 모르면 닥치고 봐라.
-인정. 증거 남겨야 됨.

-야! 저거 좀 봐!

낚시로 보이는 인물이 현관을 향해 다가가고 있었다.

쾅!

쾅!

쾅!

누군가가 부서져라 현관문을 두드렸다. 숫제 망치로 내려치는 것 같았다.

"누, 누구세요?"

낚시가 잔뜩 쉰 목소리로 그렇게 물었다. 낚시는 평범한 체형의 남자였다. 그다지 마르지도 않고 뚱뚱하지도 않은 보통 남자.

비록 뒷모습뿐이지만 낚시가 얼마나 떨고 있는지는 충분히 알아볼 수 있었다.

쾅!

쾅!

쾅!

못을 박아 넣듯 현관문을 두드릴 때마다 집 전체가 울렸다. 현관문의 간유리에 시커먼 형체가 비쳐 보였다.

길쭉하고 마른 데다가 엄청나게 컸다.

유리는 금세 깨질 듯했다.

"누구야? 지, 지금 경찰에 신고했어!"

낚시가 소리를 질렀다.

"누구냐고!"

또 한 번.

흥분한 낚시는 싱크대에서 부엌칼을 집어 들었다. 형광등 불빛을 받은 칼날이 죽어 가는 육식동물의 안광처럼 탁하게 번뜩였다.

낚시는 현관문을 향해 다가갔다. 그 사이에도 문을 두드리는 소리는 계속 들렸다.

쾅!

쾅!

쾅!

소리가 들릴 때마다 낚시의 몸이 움찔움찔 떨렸다. 낚시가 움직였다. 귀를 때려대는 소리를 뚫고 현관문 바로 앞에 다다랐다.

-열지 마! 경찰 올 때까지 기다려!

-도와주러 간 사람들 어떻게 됐냐?

-경찰 왜 안 와?

-미친 사이코다! 절대 문 열지 마.

-으아! 나 못 보겠다!

-낚시 형 문 열려고 한다!

-문 열고 바로 칼로 찔러도 정당방위겠지?

-이거 엄청 위험한 느낌이다!

낚시가 현관문 손잡이에 손을 가져다 댔다.

순간, 소리가 뚝 멈췄다.

문을 부술 듯 때려대던 정체불명의 무언가가 더 이상 움직이지 않았다. 둔탁한 소음보다 날카로운 침묵이 더 치명적이었다. 낚시는 갑작스러운 변화에 당황해서 그저 멍하니 서 있을 뿐이었다.

그때였다.

쾅!

귀를 찢는 듯한 소리가 들렸다.

현관문이 뜯겨 나갔다. 시커멓고 거대한 무언가가 부서진 현관문을 뚫고 안으로 뛰어 들어왔다.

"으악!"

낚시가 비명을 질렀다.

아슬아슬하게 불을 밝히던 형광등이 파팟 소리와 함께 터져 버렸다. 방 안은 순식간에 어두워졌다. 아무것도 보이지 않았다.

오직 처절한 비명과 신음이 들릴 뿐이었다.

그리고 무언가를 씹어 삼키는 듯한 소리도…….

픽!

덩어리 하나가 날아와 카메라를 때렸다. 온 신경을 집중한 채 지켜보던 사람들은 기겁하며 컴퓨터 앞에서 물러났다.

컴퓨터 모니터가 내뿜는 파리한 불빛 사이로 카메라에 부딪친 덩어리의 정체가 드러났다.

낚시의 목이었다.

눈을 부릅뜬 채, 고통으로 일그러진 표정 그대로 처참하게 뜯겨 나간 목이 바닥에 뒹굴고 있었다.

사람들은 침묵을 지켰다. 아무런 글도 올라오지 않았다. 그저 카메라만 돌아갈 뿐이었다.

울컥울컥 피를 쏟아 내는 낚시의 목을 배경으로 뼈를 부수고 살을 파먹는 게걸스러운 소리가 들렸다.

크윽.

크윽.

크윽.

정체불명의 그 존재가 의미를 알 수 없는 소리를 냈다.

스윽.

바닥을 적신 피를 가르며 그것이 카메라를 향해 다가왔다. 점점 형체가 드러났다. 매끈한 피부에 털이라고는 하나도 없는 끔찍한 몰골을 하고 있었다.

새빨간 눈알이 뒤룩거렸다. 날카로운 이빨 사이로 피가 뚝뚝 흘러내렸다.

-저, 저게 뭐야?

-진짜야? 진짜냐고?

-저게 괴물이야, 사람이야?

드문드문 글이 올라왔지만 곧 뚝 그쳤다. 그것이 눈알을 굴리며 입술을 양쪽으로 벌려 웃었기 때문이었다.

지켜보던 사람들은 순간적으로 같은 느낌을 받았다.

나를 찾고 있다!

카메라는 갑자기 꺼졌다.

방송은 종료됐다.

사람들은 서둘러 사이트를 빠져나가기 시작했다. 마지막으로 글 하나가 올라왔지만 많은 관심을 받지는 못했다.

기억해?

〈그것이 알고 싶다〉에도 나왔었잖아.

범인은 못 찾았는데 시체를 갈가리 찢어서 죽인 끔찍한 사건이 벌어졌었다고.

나, 그때 이웃 주민이 했던 말 이제야 기억났어.

죽은 사람이 며칠 동안 그랬대.

누가 자꾸 찾아와서 문을 두드린다고. 이번에도…… 혹시…….

어? 그런데 누가 문을 두드려!

나랑 같은 사람 없어?

누가 자꾸 문을 두드려!

어찌 된 영문인지 이 사건은 묻히고 말았다. 동영상이 잠시 떠돌긴 했지만 이내 지워졌다. 지금도 그 동영상은 '방문자'라는 이름으로 어둠의 경로로만 유통되고 있다.

동영상의 앞에는 경고문이 나온다.

'이 동영상을 끝까지 보고 나면 이상한 존재의 방문을 받을 수도 있습니다.'

서울에서만 하루에도 수십 명의 사람이 행방불명되거나 시체로 발견된다.

그중 누군가는 방문자가 문을 두드렸을지도 모를 일이다.

물론 진실은 알 수가 없다.

화약고 근무

누군가에게 들은 이야기다.

"화약고에서 귀신 본 적 있냐?"

김 상병이 그렇게 물었을 때만 해도 장난인 줄 알았다.

"저, 저는 화약고 근무 처음이라 잘 모릅니다."

이 일병은 뻣뻣하게 굳은 채로 대답했다.

"야, 우리끼리 있을 땐 너무 쫄 필요 없어. 편하게 하자."

"아, 알겠습니다!"

"화약고 근무가 처음이라니까 내가 설명을 잘해 주겠어."

"네!"

"에이. 넌 전방만 잘 살피면서 편하게 들어. 가끔 당직이 오기도 하거든. 지금이야 뭐, 비도 내리고 새벽 2시도 넘었으니까 거의 안 오겠지만."

"제가 잘 보고 있겠습니다. 김 상병님이 말씀해 주십시오."

이 일병은 어떻게 반응해야 할지 감이 오지 않았다.

김 상병은 부대에서 알아주는 미친놈이었다. 장난을 치다가도 금세 화를 내고 진지한 이야기를 하다가도 혼자 지랄을 하는 스타일이었다. 특히 거짓말인지 허풍인지, 아니면 진짜인지 모를 말을 섞어 해서 후임들이 골치 아파 했다.

후임뿐만이 아니었다. 김 상병은 선임들과도 사이가 좋지 않아 부대 내에서 왕따나 다름없었다. 김 상병은 늘 혼자서 밥을 먹었고 내무반에서도 항상 외톨이였다. 그런 김 상병과 같은 근무조에 들었으니 갓 일병이 된 이 일병 입장에서는 죽을 맛이었다.

"오케이. 비도 부슬부슬 내리고 하니까 내가 진짜로 무서운 이야기 하나 해줄게. 너 무서운 이야기 좋아하냐?"

"좋아합니다."

"자식. 안 좋아해도 들어!"

미친놈…….

이 일병은 김 상병의 능글맞은 말에 저절로 그 생각이 들었다.

"몇 년 전인가, 내가 이등병으로 들어오기 전인데 화약고에서 사고가 났어."

"어떤 사고 말입니까?"

"상병이 하이바에 앉아서 자고 있었고 일병 혼자 근무를 서고 있었거든."

지금이 바로 그런 상황이었다. 김 상병은 화약고 감시탑 구석에 하이바를 깔고 앉아 있었고, 근무를 서는 것은 이 일병뿐이었다.

새벽 2시, 밤이 꽤 깊었다. 가끔 울어대던 부엉이며 올빼미 소리도 쏙 들어가 버렸다. 유독 별도 뜨지 않은 밤이었다. 대신 차디찬 비가 추적추적 내렸다.

"그런데 일병이 상병을 막 깨운 거야."

김 상병이 다시 입을 열었다.

"누가 나타났습니까?"

"그런 줄 알고 그 상병도 벌떡 일어났지. 근데 그 일병 새끼가 뭐라고 했느냐면……."

"뭐라고 했습니까?"

"화약고 창문에 손자국이 있다는 거야."

"손자국 말씀입니까?"

"너 저기 보이지?"

이야기 속 상병처럼 벌떡 일어난 김 상병은 총구 끝으로 화약고 맨 위를 가리켰다. 그곳엔 먼지가 잔뜩 낀 작은 창문이 달려 있을 뿐이었다.

"보, 보입니다. 그런데 저기에 무슨……."

"그 일병 말로는 저 창문에 손바닥 자국이 찍혀 있었다는 거야."

"네?"

화약고 바닥에서 작은 창문까지의 높이는 5미터도 넘는다. 공중 부양 같은 황당한 방법이 아니고는 거기 손바닥 자국이 찍힐 리가 없다.

"그런데 더 환장하는 건 그 상병도 손바닥 자국을 봤다는 거지."

"착각한 건 아니었나 봅니다."

"그래. 착각한 건 아니었지. 둘 다 같은 걸 봤으니까. 근데 그 멍청한 놈들은 자기들이 착각하지 않았다는 걸 증명하려고 직접 화약고로 간 거야."

"아이고. 그래서 어떻게 됐습니까?"

인정하기는 싫지만, 이 일병은 김 상병의 이야기에 점점 빠져들었다.

"그래서 이놈들이 지휘통제실에 보고도 제대로 안 하고 근무지에서 내려와 화약고로 향했네. 무슨 깡이었는지 몰라."

"화약고 열쇠는 근무자들이 들고 있으니까 직접 열어볼 생각이었나 봅니다."

"그랬겠지. 그래야 무용담 비슷하게라도 늘어놓을 수 있잖

아. 안 그래?"

"그렇습니다."

"그 새끼들은 진지하게 생각을 안 한 거야. 거기 손바닥이 찍혀 있다는 게 얼마나 이상한 일인데, 그걸 모르고 대뜸 들어가려 했으니."

문득 이 일병은 김 상병이 이 이야기를 어떻게 이 정도로 자세히 알고 있는지 궁금했다.

물어볼까 하다가 그만뒀다.

지금은 김 상병의 기분이 그리 나쁘지 않은 상태이니 그대로 두는 게 나을 것 같았다.

"그래서 어떤 일이 생겼습니까?"

"그래도 나름 둘 다 사주 경계를 확실히 하면서 화약고 앞까지는 갔어. 그러고는 상병이 문을 열고 둘 다 안으로 들어갔지."

"두 사람이 확인해 보고 싶은 게 뭐였습니까?"

"손바닥이 안에서 찍힌 건지, 밖에서 찍힌 건지 그게 궁금했었나 봐."

"차이가 있습니까?"

김 상병은 움푹 팬 눈으로 이 일병을 물끄러미 바라봤다. 그것도 모르겠느냐는 듯한 표정이었다.

"차이가 있지. 안에서 찍힌 거면 화약고 안에 누가 있다는 거고, 밖에서 찍힌 거면 밖에 누가 있다는 거잖아. 5미터 높이의 창문에 손바닥 자국을 낼 수 있을 정도의 거인이."

"아…… 네."

이 일병은 애매하게 고개를 끄덕였다. 아무리 생각해도 착각이지 싶었다. 야심한 밤에 근무를 서고 있으면 작은 풀벌레 소리에도 깜짝 놀랄 때가 있다. 고양이 울음에도 소름이 끼친다. 아마 그 두 사람도 졸음에 겨워 창문에 낀 얼룩을 잘못 봤으리라.

"확실히 착각은 아니었어."

김 상병이 이 일병의 생각을 읽고 있다는 듯이 한마디를 던졌다.

"그, 그럼 진짜 손자국이 있었단 말입니까?"

김 상병은 고개를 끄덕였다.

"있었지. 그것도 아주 선명하게. 안쪽에서 찍힌 거였어."

"난리가 났겠습니다."

"그 길로 곧장 지휘통제실에 연락하면 되는데, 이놈들이 무슨 생각을 했는지 둘이서 그 넓은 화약고를 수색하기 시작했지."

"뭘 수색합니까?"

"손바닥 자국이 찍혀 있다면 누군가 화약고 안에 있다는 소리잖아."

"그렇지만 도저히 닿을 수 없는 높이지 않습니까."

"그렇지. 근데도 수색을 한 걸 보면 정말 뭐에 홀렸던가 봐."

김 상병의 목소리가 왠지 음산하게 변했다.

"그래서 뭐라도 나왔습니까?"

"아니. 처음엔 아무것도 발견하지 못했대. 근데⋯⋯."

이상할 정도로 주위가 조용했다. 이제는 빗소리마저 들리지 않는 것 같았다. 이 일병은 자기도 모르게 화약고를 바라봤다. 빗줄기 틈으로 먼지 낀 창문이 똑똑히 보였다.

"⋯⋯막 나가려는데 무슨 소릴 들은 거야."

"소리 말입니까?"

"그래. 누가 중얼거리는 소리."

"누, 누가? 아무도 없었다고 하지 않았습니까?"

"아무도 없었어. 적어도 눈에 보이는 건. 그런데도 소리가 들렸다는 거야. 잘 들어 보니 개들도 아는 목소리였지."

"아는 목소리 말입니까?"

"같은 내무반에 조 이병이라고 있었는데, 걔 목소리였던 거야."

"조 이병은 어떻게⋯⋯."

"조 이병이 누군지 알아?"

이 일병은 고개를 저었다.

"그 내무반에서 한 달 전에 자살한 사병."

"네?"

"지금이야 없어졌지만 그때만 해도 구타가 만연했지. 그중에서도 화약고는 선임이 후임들을 조지는 곳으로 유명했대. 외진 곳에 있으니까 그런 짓 하기 딱 좋았지. 크크."

"그, 그럼 조 이병이라는 사람도 구타 때문에?"

김 상병은 번뜩이는 눈빛으로 화약고를 바라봤다.

딸깍.

딸깍.

딸깍.

김 상병은 아까부터 소총 안전장치를 건드리고 있었는데 그 소리가 너무 거슬렸다.

"조 이병이 죽은 건 구타도 구타지만 왕따 때문이었어. 걔가 좀 적응을 못 했었나 봐. 이른바 고문 병사였지. 늘 사고 치고 다니니까 때리긴 때리는데, 아무리 때려도 고쳐지질 않는 거야. 그랬더니 이젠 아예 왕따를 시킨 거지."

"왕따……."

"마치 유령처럼 없는 사람 취급을 했대."

이 일병은 심장이 덜컹 내려앉았다. 그건 바로 지금 자신의 부대원들이 김 상병에게 저지르고 있는 일이었다.

"그러던 어느 날 조 이병이 점호 시간에 안 나타난 거야. 난리가 나서 찾으러 다니다가 결국 여기 화약고에서 발견했지. 천장에 목을 맸어. 전투화 끈으로."

"그, 그런데 김 상병님. 화약고 천장도 꽤 높지 않습니까? 혼자선 올라갈 수가 없을 텐데 말입니다."

이 일병이 말했다.

"맞아. 그래서 자체적으로도 타살 의혹이 없는지 조사도 하고 그랬는데, 너도 알잖아. 그냥 흐지부지 넘어갔지, 뭐."

"그렇다면 자살한 조 이병이 귀신이 돼서 그 화약고에 나타났다는 겁니까? 손바닥 자국은 조 이병이 낸 거고?"

"그래, 그렇지."

김 상병이 갑자기 목소리를 낮췄다. 마치 누가 듣고 있기라도 한 것처럼.

"조 이병이 부르더래. 상병님. 일병님. 상병님. 일병님."

"어휴! 생각만 해도 무섭습니다."

"그러니 그 화약고 안에 있던 두 명은 어땠겠어? 꽁지가 빠져라 도망을 치는데, 이런, 상병이 다리가 접질려서 넘어져 버렸네? 상병은 일병한테 같이 가자고 고래고래 소리를 질렀지만 아무 소용이 없었지. 혼이 빠진 일병이 어디 그 소리를 들었겠어?"

"그럼 어떻게 됐습니까?"

"그 상병 역시 천장에 목을 맨 채로 발견됐어. 알고 봤더니 조 이병의 왕따를 주도했던 게 바로 그 상병이었던 거야. 그 후로도 사고는 끊이지 않았지. 전역을 앞둔 병장 한 명까지 해서 다섯 명이나 되는 왕따 가해자들이 죽거나 크게 다쳤지. 모두 화약고에서."

"너, 너무 섬뜩합니다."

"그렇게 사람이 죽어 나갈 때마다 목격되는 게 있었는데 그게 바로 창문의 손자국이었어."

김 상병은 거기까지 말한 후 언제 그랬냐는 듯 다시 하이바를 깔고 눈을 감았다. 그러고는 혼잣말처럼 중얼거렸다.

"조 이병은 복수를 위해 죽음을 선택했던 거야."

다시 혼자 남은 이 일병은 불안한 눈빛으로 주위를 둘러봤다. 근무 교대까지는 얼마 남지 않았다. 빨리 내무반으로 돌아가서 따뜻한 모포를 덮고 자고 싶었다. 계속해서 주위를 둘러보던 이 일병의 고개가 이윽고 멈칫했다.

이 일병은 화약고 창문을 뚫어질 듯 바라봤다.

비가 내리치고 있었지만 먼지 낀 그 창문만은, 그리고 그 창문에 찍힌 손바닥 자국만은 선명하게 보였다.

"기, 김, 김 상병님!"

깜짝 놀란 이 일병이 버럭 소리를 질렀다.

"왜? 뭐야?"

김 상병이 하이바 위에서 일어나 이 일병 곁으로 다가왔다. 김 상병 역시 손바닥 자국을 발견했다. 김 상병의 눈이 커졌다. 입가에는 미소마저 걸렸다.

"됐다! 됐어."

김 상병이 기쁨에 찬 목소리로 말했다.

"사, 상병님. 어쩌시려고 그러십니까?"

"그게 나타난 거야. 조 이병 귀신이 나타난 거라고!"

"제가 지휘통제실에 연락을……."

"그만둬!"

"네?"

"내가 직접 화약고에 갈 거니까 그만두라고."

"김 상병님?"

김 상병은 그 말을 끝으로 총 한 자루만 달랑 든 채 화약고로 뛰어갔다. 비를 고스란히 맞으며.

어찌할 줄 모르고 서 있던 이 일병은 정신을 차린 후 지휘통제실에 연락했다. 그러고는 총을 들고 화약고로 향했다.

달 없는 밤의 화약고는 지독하게 어두웠다. 어딘가에 분명 전등 스위치가 있는데 아무리 더듬어도 찾을 수가 없었다.

한 발.

한 발.

화약고 안으로 들어갔다.

"김 상병님?"

"김 상병님?"

몇 번이나 불렀지만 대답이 없었다.

대신에 이상한 소리가 들렸다.

끼익.

끼익.

끼익.

끼익.

이 일병은 그 소리를 따라 발걸음을 옮겼다.

이윽고…….

"으악!"

이 일병은 너무 놀라 그 자리에 주저앉고 말았다.

김 상병이 전투화 끈으로 목을 맨 채 까마득하게 높은 천장에 매달려 있었다.

누군가가, 보이지 않는 손이 흔들기라도 하는 듯 김 상병의 시신이 좌우로 크게 왔다 갔다 했다.

"으아악!"

이 일병은 엉덩이 걸음으로 도망쳤다. 도망치면서 김 상병과 눈이 마주치고 말았다. 김 상병은 완전히 죽은 게 아니었다. 몸을 부르르 떨고 눈을 허옇게 뒤집은 채 얼굴 전체에 만족스러운 미소를 띠고 있었다.

김 상병 건은 왕따에 의한 자살로 결론이 났다. 유서가 발견된 것이다.

그날 이후로 김 상병의 왕따를 주도했던 이들이 작업 중 부상을 입는 일이 종종 발생했다. 어느 정도 시간이 흘러 이 일병은 박 병장과 함께 화약고 근무를 서게 됐다.

박 병장은 투견이라 불리는 자로 한 번 미워하면 끊임없이 괴롭히기로 유명했다. 김 상병을 왕따 시키는 데 앞장섰던 이도 박 병장이었다.

"새끼. 이런 데서 자살이나 하고. 역시 안 될 놈이었어."

박 병장은 화약고를 바라보며 비웃었다.

그런 박 병장의 뒤에서 이 일병이 조용히 속삭였다.

"병장님. 병장님은 담이 크시지 않습니까? 혹시 지금 저 화약고에 다녀오실 수 있으십니까? 전 약해 빠져서 그런지 엄두가 안 나지 말입니다."

"야! 이 새끼가 날 뭐로 보고. 다녀올 테니까, 그다음엔 네가 가야 한다. 알아들어?"

"네!"

박 병장은 거들먹거리면서 화약고를 향해 걸어갔다. 이 일병은 멀어지는 박 병장을 보며 중얼거렸다.

"이제 됐으니 그만 떠드십시오."

희뿌연 무언가가 근무 초소에서 빠져나와 화약고 안으로 스윽 들어갔다.

이 일병의 얼굴이 핼쑥했다. 이 일병은 슬쩍 고개를 들어 화약고 창문을 바라봤다.

오늘도 어김없이 그게 있었다. 안쪽에서 선명하게 찍힌 손바닥. 이제 손바닥의 주인은 달라졌을 것이다.

방금 전까지 자신의 귓가에서 속삭이던 사람, 복수를 위해 자기 목숨을 버렸던 사람, 김 상병의 손바닥이 거기 찍혀 있었다.

잠시 후 이 일병은 지휘통제실에 연락했다.

"아무래도 또 사고가 터진 것 같습니다. 여기, 화약고입니다."

이 일병은 그렇게 말한 후 가만히 서 있었다.

피식 웃음이 새어 나왔다.

물론 진실은 알 수가 없다.

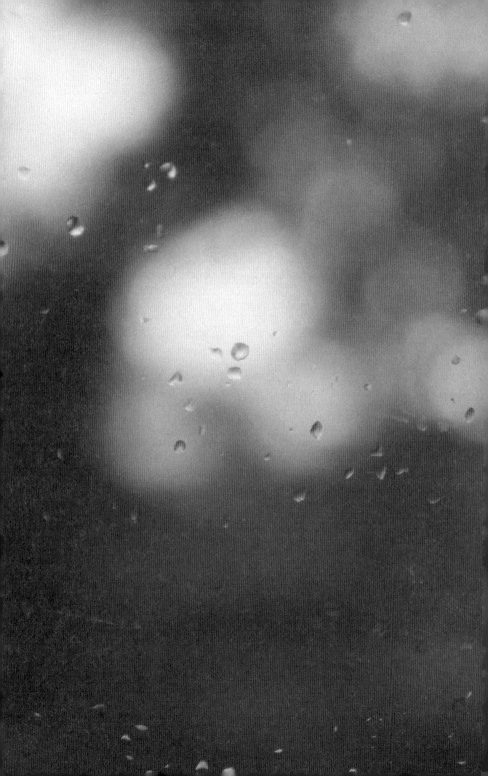

아르바이트

누군가에게 들은 이야기다.

○○대학병원에서 실험에 참가할 건강한 20대 성인 남성을 모집합니다.
저녁에 연락 주세요.

이수는 전봇대에 붙은 아르바이트 구인 공고를 한참 동안 바라봤다.
'이게 말로만 듣던 생동성 아르바이트군.'
형편이 안 좋은 이수는 대학 내내 아르바이트를 해왔다. 주유소, 커피숍, 식당, 노가다 등 안 해본 아르바이트가 없을 정도였다.
대부분 몸만 힘들고 큰돈은 되지 못했다. 아르바이트를 하면서 성적을 유지하기도 힘들었다.

그런 점에서 이수는 생동성 아르바이트를 꼭 한 번 해보고 싶었다.

병원에서 약을 먹거나 주사를 맞으며 며칠 있는 것만으로 제법 큰돈을 만질 수가 있다. 그 며칠 동안은 병원에서 공부할 수도 있다. 그야말로 일석이조였다.

하지만…….

'부모님이 알면 펄쩍 뛰시겠지?'

대학병원에서 진행하는 실험이고 실제로는 몸에 이상이 없다곤 해도 부모님은 반대하시리라.

이수는 구인 공고 밑에 붙은 전화번호를 뜯은 뒤 주머니에 넣었다. 부모님께는 비밀로 하고 전화를 해볼 생각이었다.

그날 저녁, 아르바이트를 끝내고 집으로 돌아온 이수는 ○○대학병원으로 전화를 걸었다. 신호가 가는 동안 묘하게 긴장이 됐다.

'벌써 마감된 건 아니겠지?'

'아프거나 뭐 그런 걸까?'

'설마 별일이야 있겠어?'

짧은 순간 그런 생각들이 이수의 머릿속을 맴돌았다.

딸깍.

전화가 연결됐다.

"여, 여보세요?"

이수가 더듬거리며 말했다.

"네. ○○대학병원 연구실입니다."

상냥한 목소리의 여자가 전화를 받았다.

"저…… 아르바이트 공고 보고 연락드렸는데요."

"아! 그러셨군요."

"아직 모집 중인가요?"

"네. 마침 딱 한 자리 남았습니다."

"한 자리요? 그럼 지금 제가 지원해도 되는 건가요?"

"네. 물론이죠. 전화 끊고 이 번호로 자세한 시급과 주의 사항 같은 것들을 보내 드리겠습니다."

"아. 네. 감사합니다."

"다만 면접을 보셔서 통과해야 아르바이트를 하실 수 있다는 점은 이해해 주세요. 면접만 통과하시면 그날 바로 아르바이트가 시작될 겁니다."

"알겠습니다."

"그럼 메시지 보내 드리겠습니다."

이수는 전화를 끊었다.

잠시 후 낯선 번호로 문자 메시지가 날아왔다. 메시지에는 시급 및 아르바이트에 관한 간단한 설명이 포함돼 있었다.

시급은 과연 높았다. 3박 4일 동안 병원에서 지내고 나면 거의 백만 원 가까운 돈을 벌 수 있었다. 게다가 그동안 먹고 자는 비용도 모두 무료였다. 약물 실험에 관한 자세한 내용은 면접 시에 알려 준다고 되어 있었다.

이수의 시선을 끈 것은 맨 마지막 문장이었다.

본 실험에 대한 비밀 보장에 동의해 주셔야 하며, 부작용에 대해서는 병원에서 책임지지 않습니다.

"여기에 동의를 안 하면 아르바이트도 못 한다는 말이군."

이수는 잠시 고민했다.

비밀 보장과 부작용이라는 말이 못내 마음에 걸렸지만 돈의 유혹이 더 컸다.

'사흘만 꾹 참으면 백만 원이 들어온다.'

그 돈이면 할 수 있는 게 많았다. 당장 기말고사 기간에 다른 일을 하지 않고 공부에만 집중할 수도 있었다.

"그래. 일단 가 보자. 면접을 통과 못 하면 어쩔 수 없고."

이수는 그렇게 결심했다.

다음 날, 이수는 간단히 짐을 챙겨서 ○○대학병원을 찾았다. 연구실은 지하에 있었다. 복잡한 병원과 달리 지하 연구실은 사람이 거의 보이지 않았다.

"저…… 아르바이트 때문에 왔는데요."

경비원에게 묻자 말없이 오른쪽 복도를 가리켰다. 복도에는 '약물 실험실'이라는 팻말이 붙은 방이 있었다.

그곳으로 향한 이수는 노크를 했다.

"들어오세요."

굵은 목소리가 들렸다. 이수가 조심스레 문을 열고 들어가자 의자에 앉은 늙수그레한 남자가 보였다. 가운을 입고 있는 걸로 봐서 의사인 것 같았다.

"아르바이트 면접 때문에 왔습니다."

이수가 말하자 의사는 턱짓으로 맞은편의 의자를 가리켰다.

"혹시 지병은 없습니까?"

의자에 앉은 이수를 향해 의사가 물었다.

"네. 없습니다."

"먹는 약은?"

"그것도 없습니다."

"알레르기는?"

"없습니다."

"부모님이랑 같이 사십니까?"

"아뇨. 두 분은 지방에 계십니다."

"부모님께 이 일에 대해 말씀을 드렸습니까?"

"아닙니다."

의사는 크게 고개를 끄덕였다.

"알겠습니다. 합격입니다."

"네?"

"합격이라고요."

이렇게 간단하게 합격이라니…… 이수는 자신에게 온 행운에 감사했다.

"그럼 바로 시작하는 겁니까?"

"네. 저를 따라오시면 됩니다."

의사는 그렇게 말하며 의자에서 일어났다. 이수는 의사를 따라 입원실처럼 보이는 또 다른 방으로 갔다.

그곳에는 똑같은 가운을 입은 여자가 있었다.

"새로 오신 분이군요. 반갑습니다. 저는 실험실을 담당하고 있는 닥터 윤이라고 합니다."

여자는 밝게 웃으며 자신을 소개했다. 이수는 어색한 표정으로 꾸벅 고개를 숙였다.

"설명은 충분히 들으셨죠?"

닥터 윤이 물었다.

"네. 저…… 그런데 아직 무슨 약물에 대한 실험인지는 몰라서."

"아! 그건 기밀 사항이라서 말씀드릴 수 없습니다. 다만 시중에 유통될 신약 실험이고 그런 만큼 몸에는 해가 없다는 말씀은 드릴 수 있겠네요."

"아. 네. 그럼 주사를 맞거나 그런 건 없는 겁니까?"

"피 검사를 하긴 할 텐데 주사를 통한 투약은 없습니다. 그저 이 알약 하나만 복용하시면 됩니다."

닥터 윤은 그렇게 말하며 노란색 알약을 보여 주었다.

"이거 한 알을 먹고 3박 4일 동안 있는 거라고요?"

"그렇죠."

닥터 윤은 고개를 끄덕였다.

'와! 완전 꿀이네.'

이수는 기뻤지만 표시를 내지는 않았다.

"3박 4일 동안에는 공부를 하거나 책을 읽거나 마음대로 하시면 됩니다. 다만 외부와의 연락은 일체 되지 않습니다. 아시겠죠?"

"네. 알겠습니다."

부모님께는 학교 친구들과 여행을 간다고 이야기해 놓았다. 그 외에는 자신을 찾는 사람이 없을 것이다.

"그럼 옷을 갈아입으시고 이 약을 복용하시죠."

이수는 닥터 윤의 설명에 따라 환자복으로 갈아입은 뒤 노란색 알약을 물과 함께 삼켰다.

"이제 방에 들어가서서 대기하시면 됩니다."

닥터 윤이 그렇게 말했을 때였다.

으악!

연구실 어딘가에서 찢어질 듯한 비명이 들렸다. 이수는 흠칫 놀라 고개를 돌렸다.

"무, 무슨 일이죠?"

"아. 걱정하실 필요 없습니다. 이곳에선 다양한 실험을 하고 있거든요."

찜찜했지만 더 이상 묻지는 않았다. 이수는 닥터 윤의 안내에 따라 자기 방으로 들어갔다. 넓고 쾌적한 1인 병실이었다. 방 안에 화장실까지 있었다.

닥터 윤이 나가고 방을 둘러보던 이수는 천장에 붙은 CCTV를 발견했다.

'설마 다 찍고 있는 건 아니겠지?'

이수는 대수롭지 않게 생각하고 침대에 누웠다. 일단은 밀린 잠을 자고 싶었다. 그런 후에는 가지고 온 노트북으로 공부를 할 생각이었다.

잠은 생각보다 빨리 찾아왔다. 이수는 눈을 감았다. 몸이 붕 뜨는 느낌이 나면서 곧바로 잠에 빠져들었다.

다시 깨어났을 때는 병실이 어둑어둑했다. 창문과 시계가 없는 병실이라 얼마나 시간이 지났는지 알 방법이 없었다.

침대에서 일어나려던 이수는 찌르는 듯한 복통을 느꼈다.

"윽!"

구토도 밀려왔다. 이수는 화장실로 달려갔다. 변기를 부여잡은 이수는 오랫동안 토했다. 속이 뒤집어지는 것 같았다. 아무리 토해도 계속 뭔가가 쏟아져 나왔다. 복통은 가시지 않았다.

"으윽."

거의 녹초가 되어서야 구토감이 조금 사라졌다. 아침에 먹은 걸 다 토해 낸 것은 물론 온몸의 수분이 전부 빠져나간 것 같았다.

"약 때문인 거 아냐?"

이수는 입가를 훔치며 중얼거렸다. 아무리 생각해도 약이 문제인 것 같았다. 배가 너무 아파 제대로 움직일 수도 없었다.

이수는 엉금엉금 기다시피 해서 화장실을 나와 병실 문손잡이를 돌렸다.

철컹.

차갑고 날카로운 소리만 들릴 뿐 문은 열리지 않았다. 몇 번이나 돌려 봤지만 마찬가지였다. 밖에서 문이 잠긴 듯했다.

"문 열어 주세요! 문 좀 열어 주세요! 배가 너무 아파요."

이수는 문에다 대고 크게 외쳤다.

아무런 대답도 돌아오지 않았다.

쾅!

쾅!

이수는 주먹으로 문을 두드렸다.

반응이 없었다.

그사이 복통은 더 심해졌다. 숨을 쉬기도 힘들 정도였다.

"문 좀 열어 달라고! 뭐 하는 거야?"

이수는 온 힘을 다해 고함을 질렀다.

"빨리 열어. 이 자식들아!"

욕을 해봤지만 역시 아무도 대답하지 않았다. 이수는 퍼뜩 CCTV를 떠올렸다. CCTV가 있다는 것은 누군가가 지켜본다는 사실을 의미했다. 이수는 CCTV 앞에 가서 얼굴을 잔뜩 찡그린 채 고함을 질렀다.

"보고 있잖아! 보고 있는 거 다 아니까 빨리 좀 살려줘. 아니, 제발 살려 주세요!"

눈물이 났다. 그 정도로 고통스러웠다. 보이지 않는 손이 배 속으로 파고들어 내장을 헤집어 놓는 것 같았다.

CCTV에 빨간 불빛이 깜박깜박 들어왔지만 단지 그것뿐이었다.

'나가야 해. 문을 열고 나가야 해!'

이수의 머릿속에는 그 생각뿐이었다.

이수는 가방에서 노트북을 꺼냈다. 무게가 꽤 나가는 낡은 노트북이었다. 그걸 들고 문손잡이를 내려쳤다.

쾅!

한 번으로는 부족했다. 이수는 다시 한 번 힘껏 노트북을 휘둘렀다.

쾅!

노트북이 부서지는가 싶더니 문손잡이도 떨어져 나갔다.

"됐다!"

이수는 문을 열고 복도로 나갔다.

"헉. 헉."

숨을 제대로 쉴 수 없었다. 배가 점점 부풀어 오르는 것 같았다. 복도는 불이 꺼진 채 어둠에 휩싸여 있었다. 비상구 램프만이 불을 밝히고 있을 뿐이었다.

"살려 주세요! 도와주세요!"

이수는 소리를 질렀다. 지나오면서 방들의 문을 다 두드려 봤지만 반응도 없었고 열리지도 않았다.

"으으."

이수는 배를 움켜쥐고 비틀거리며 복도를 걸었다. 온몸이 땀으로 뒤덮였다. 복도를 지나 엘리베이터까지 갔다. 이수는 엘리베이터를 타고 지상으로 올라갔다. 지상은 ○○대학병원과 이어진다.

'거기 응급실에 가서 도와 달라고 하는 거야!'

이수는 오직 그 생각 하나로 버텼다. 지상으로 올라가니 이미 늦은 밤이었다. ○○대학병원의 응급실 간판이 보였다.

이수는 응급실 안으로 뛰어 들어갔다. 의사로 보이는 사람들이 바쁘게 움직이고 있었다.

"도와주세요! 배가 너무 아파요."

이수가 의사 한 명을 붙잡고 말을 걸었다. 하지만 의사는 아무런 대꾸를 하지 않았다.

"뭐야? 도와 달라고요."

이수는 다른 의사에게 말했다. 이번에도 마찬가지였다. 화가 난 이수는 의사를 힘껏 밀었다.

픽!

분명히 그런 소리를 들었다고 생각했는데 의사는 꿈쩍도 하지 않았다.

그때였다.

응급실 안으로 환자 한 명이 실려 들어왔다.

"큰일 났어요! 실험실 아르바이트생인데 약을 먹고 깨질 않아요."

환자를 데리고 온 사람은 바로 그 닥터 윤이었다.

아르바이트생?

이수는 환자의 얼굴을 확인했다. 침대에는 바로 자신이 누워 있었다. 이미 파랗게 변한 얼굴을 하고서.

"뭐, 뭐야? 이게 어떻게 된 거야?"

이수는 주위를 둘러봤다.

커다란 거울이 바로 앞에 있었다. 그 거울 속에는 이수의 모습이 비치지 않았다.

"어? 어?"

이수는 꼼짝도 할 수 없었다.

"틀렸어. 이미 끝났다고."

누군가가 그렇게 소리쳤다.

"아니야. 아니야! 아니라고!"

소리를 질렀지만, 그 누구도 이수의 말에 반응하지 않았다. 의사 한 명이 이수의 얼굴에 시트를 덮었다.

그 순간 하얀빛이 이수를 감쌌다. 이수는 그 빛에 휩싸여 다시는 돌아올 수 없는 곳으로 빨려 들어갔다.

"이번에도 실패네."

이수가 마지막으로 들은 말은 닥터 윤의 중얼거림이었다.

물론 진실은 알 수가 없다.

어제 죽은 친구

누군가에게 들은 이야기이다.

그것은 순전히 못된 호기심에서 시작된 일이다.

"야. 우리 동우한테 연락해 볼까?"

진호가 장난기 섞인 목소리로 말했다.

"미쳤냐? 그딴 장난을 왜 해?"

영민이 펄쩍 뛰었다.

"궁금하잖아. 어떤 반응이 오는지."

"궁금할 게 따로 있지. 어제 죽은 애한테 연락해서 뭐 하려고? 동우가 불쌍하지도 않아?"

"야. 누가 들으면 너랑 동우랑 엄청 절친인 줄 알겠다. 며칠 전까지만 해도 동우 새끼 재수 없다고 씹고 다녔으면서.”

“그건 그거고 이건 이거지.”

“뭐가 이거야. 난 그냥 장난 한번 쳐보자 이거야. 동우 핸드폰으로 메시지나 한번 넣어 보자는 거라고. 빨리 결정해. 나 배터리 거의 다 떨어져 간단 말이야.”

진호는 입을 비죽 내민 채 말했다.

“그럼 동우 부모님이 받으실 거 아냐. 그러다가 야단맞으면 어떡하려고?”

영민이 한숨을 쉬며 말했다.

“야단을 왜 맞아? 그냥 자기 아들이 죽은 줄 모르고 메시지 보냈다고 생각하겠지. 혹시 알아? 동우가 친구가 많았다고 생각하시면서 좋아할지.”

“미친놈. 뭐라고 보낼 건데?”

“동우야. 오늘 약속 안 잊었지? 네가 빨리 나와야 우리가 재밌게 놀지. 뭐 이런 식으로. 흐흐.”

“너야말로 개뻥이잖아!”

“착한 거짓말을 하자는 거지.”

“어휴. 변태 자식.”

“어때? 이제 너도 끌리지?”

진호는 능글능글 웃으며 영민을 바라봤다.

동우는 어제 죽었다. 등굣길에 뺑소니차에 치여서 즉사했다.

동우와 같은 반인 영민과 진호는 그 소식을 듣고 깜짝 놀랐다. 다른 친구들도 마찬가지였다. 하지만 크게 슬퍼하는 친구는 없었다.

동우는 반에서 은근히 따돌림을 당했다. 대놓고 괴롭히지는 않았지만 그렇다고 무리에 끼워 주지도 않았다. 공부를 곧잘 하던 동우를 질투하는 친구도 많았다. 영민도 그중 한 명이었다.

아무리 공부를 해도 따라잡을 수 없었던 동우를 영민은 진심으로 질투했다.

그렇다고 동우의 죽음을 바란 것은 아니었다.

"끌리긴 뭐가 끌려. 담임 이야기 못 들었어? 동우 부모님이 실신하실 정도로 슬퍼한다잖아. 장난은 그만둬."

영민이 애써 호기심을 누르며 말했다.

"그러니까 마지막에 좋은 추억 만들어 드리려는 거잖아. 아들이 친구들과 이렇게 사이가 좋았다는 걸 알면 분명 기뻐하실 거야."

진호가 은근한 목소리로 말했다. 진호는 동우를 비교적 적극적으로 싫어하는 쪽이었다.

두 사람은 학원이 끝난 후 편의점에서 컵라면을 사 먹고 잠시 잡담을 하던 중이었다. 시원한 밤바람이 진호와 영민의 머리카락을 쓸어 넘기고 지나갔다. 영민은 마지막 콜라 한 방울을 넘기며 시큰둥한 척 말했다.

"그러면 한번 해보지 뭐."

"좋았어. 너도 찬성할 줄 알았어. 흐흐."

진호가 비릿한 미소를 지었다.

"근데 답장이 안 올 수도 있잖아. 걔 핸드폰이 멀쩡하다는 보장도 없고, 부모님이 안 가지고 계실지도 모르잖아."

영민이 말했다.

"그러면 할 수 없는 거지."

"알았어. 보내 봐."

"잠깐 기다려. 동우 번호가……."

핸드폰에서 동우의 전화번호를 찾은 진호가 메시지를 입력하기 시작했다.

-동우야. 어서 나와. 우리 오늘 만나서 놀기로 했잖아. 너 없
   으니까 하나도 재미없다.

"어때? 이렇게 보낸다?"

"아무리 생각해도 너무한데."

"너무하긴. 너도 좋다고 했으면서."

진호는 망설이지 않고 '전송'을 눌렀다.

메시지는 곧바로 발송되었다.

"전화가 오면 어떡해? 동우 부모님이……."

영민이 그렇게 말했을 때였다.

띠링!

메시지가 날아왔다.

"왔다."

진호가 잔뜩 흥분한 채 메시지를 확인했다.

-알았어. 지금 가고 있어.

메시지를 확인한 두 사람은 서로의 얼굴을 말없이 바라봤다.

"헐. 대박."

진호가 한마디를 했다.

"대박은 무슨 대박이야. 답이 왔잖아!"

영민이 당황한 목소리로 말했다.

"답이 오길 바란 거 아니었어?"

진호가 물었다.

"이, 이런 답은 예상 못 했잖아. 이건, 이건…… 진짜 동우가 보낸 것 같잖아!"

"에이. 그럴 리 없잖아. 저쪽에서도 누가 장난치는 거겠지."

"그걸 어떻게 알아?"

"확인해 보면 되지. 다시 메시지를 보낼 거야."

"뭐라고?"

-약속 장소가 어딘지 알아?

진호는 그렇게 적어 넣고 메시지를 보냈다.
잠시 후 답장이 왔다.

-알아. 조금만 기다려.

"와. 세게 나오는데? 보니까 동우 부모님은 아닌 것 같고 다른 사람이 동우 핸드폰을 들고 있나 봐."
"미친놈! 만약 그게 아니면?"
영민이 발끈하며 물었다.
"그게 아니면? 너 설마 이상한 상상이라도 하는 거야? 겁먹은 거야, 응?"
진호는 계속 재미있다는 표정이었다.
"다, 당연히 그건 아니지."
영민이 더듬거리며 말했다.
"그럼 다시 보내 봐야지."

-그런데 넌 지금 어디야?

띠링!

금방 답이 왔다.

-병원에서 조금 전에 출발했어.

진호는 눈을 빛내며 메시지를 몇 번 더 주고받았다.

-병원은 왜?
-너희들도 잘 알잖아.
-너희들이라니, 여기 누가 있는지 알아?
-너랑 영민이잖아.
-그럼 여기가 어디게?
-편의점.

"뭐, 뭐야? 우리가 여기 있는 걸 어떻게 알아?"

영민은 그렇게 말하며 주위를 둘러봤다. 저녁 늦은 시각, 편의점 앞 도로에는 지나다니는 사람이 별로 없었다.

이번에는 진호도 놀란 표정이었다.

"진짜 뭐지? 이 새끼 누군데 이런 식으로 장난치는 거야?"

"그러니까 하지 말자고 했잖아!"

영민이 소리쳤다.

"가만히 좀 있어 봐!"

진호도 소리를 질렀다.

띠링!

다시 메시지가 날아들었다.

　

-이제 근처야. 잠시만 기다려. 너희들을 만나 줄 테니까.

　

"야! 답장 보내지 마. 그냥 무시하고 집에 가자고."

영민이 말했다.

"알았어. 알았다고!"

두 사람은 편의점 야외 테이블에서 일어났다. 스산한 바람이
불어왔다. 여름밤의 바람이라기에는 지나치게 찼다.

띠링!

　

-어딜 가니? 기다린다고 했잖아.

　

메시지를 확인한 두 사람의 얼굴이 하얗게 질렸다.

"부, 분명 우리가 이러는 걸 알고 저쪽에서도 장난치는 걸 거
야. 확실해."

진호가 말했다.

띠링!

-장난 아니야. 난 너희들이 정말로 보고 싶어.

-여긴 너무 외롭고 쓸쓸해.

-만나서 같이 놀자. 우리 같이 놀자.

"동우야! 이건 동우가 분명하다고!"

영민이 온몸을 부들부들 떨며 말했다.

"그게 말이 돼?"

"그럼 도대체 뭔데? 어떻게 우리가 하는 이야기를 아는 건데?"

"동우는 죽었어! 차에 치여서 죽었다고……."

"그러니까 이상한 거라고!"

띠링!

-그런데 하나 궁금한 게 있어. 너희들도 내가 죽길 바랐니? 내가 죽어서 잘됐다고 생각하니?

"아, 아니야. 아니라고 빨리 메시지 보내!"

영민의 말에 진호는 덜덜 떨면서 메시지를 입력했다.

-우린 아니야. 정말로 우린 아니라고!

띠링.

답장이 왔다.

-알았어. 직접 만나서 들어 보면 되겠네.

"안 되겠다. 빨리 도망가자."

진호가 말했다.

"집으로 가는 거야, 집으로!"

영민이 말했다.

띠링!

-도망쳐 봐야 소용없어.

메시지에서는 악의가 느껴졌다. 얼음처럼 차갑고 단단한 악
의가. 영민과 진호는 그 자리에 얼어붙어 핸드폰만 바라보고 있
었다.

"미, 미안하다고 보내 볼까?"

잠시 후 진호가 물었다.

"그래. 그러자. 빨리 보내."

-동우야. 장난쳐서 미안해.

띠링!

-이미 늦었어. 난 도착했거든.

"으악!"

영민이 비명을 지르며 고개를 돌렸다. 아무것도 없었다.

"치, 침착해. 여긴 사람들이 지나다니는 길이야. 상식적으로
귀신이⋯⋯."

그렇게 말한 순간, 진호의 눈이 커졌다. 진호는 영민의 뒤쪽
어딘가를 바라보고 있었다. 영민도 천천히 고개를 돌렸다.

저만치 멀리 어둠 속에서 동우가 걸어오고 있었다. 사고가
났을 때의 모습 그대로 사지가 꺾이고 머리가 터져 피를 줄줄
흘리면서.

"으악!"

이번에는 진호가 먼저 비명을 터트렸다. 둘은 동시에 도망치
기 시작했다. 앞뒤 돌아보지 않고 차도로 뛰어들었다.

빠앙!

미친 듯이 달리던 거대한 트럭 한 대가 영민과 진호를 향해
경적을 울렸다.

하지만 두 사람은 소리를 듣지 못했다.

끼익!

트럭은 브레이크를 밟았지만 한발 늦고 말았다. 트럭이 영민과 진호를 치고 지나갔다. 두 사람은 공중으로 풀쩍 떠오른 뒤 바닥에 떨어졌다. 온몸의 뼈가 산산조각 나고 내장이 터졌다.

의식이 끊어지기 직전, 둘의 머리 위로 동우의 모습이 보였다.

"이제 진짜 친구가 됐네."

동우는 그렇게 중얼거렸다.

영민과 진호는 숨을 거뒀다. 진호는 핸드폰을 손에 꼭 쥐고 죽었다. 이미 오래전에 배터리가 다 돼 꺼져 버린 핸드폰을.

물론 진실은 알 수가 없다.

보이스 피싱

누군가에게 들은 이야기다.

상호에게 한 통의 전화가 걸려 왔다. 02로 시작하는 번호였다. 평소의 상호였다면 당연히 받지 않았겠지만 이날만은 예외였다. 지원했던 회사의 서류 심사 합격자 발표 날이었기 때문이다.

자취방에 혼자 있던 상호는 얼른 전화를 받았다.

"여보세요?"

"김상호 씨 핸드폰이죠?"

어눌한 말투의 남자가 그렇게 물었다. 상호는 전화를 받자마자 아차 싶었다.

"그런데 누구시죠?"

"검찰청 경제 범죄 담당 ○○검사실입니다."

"네? 검사실에서 왜 전화를 하신 거죠?"

상호는 보이스 피싱이 아닐까 의심했지만 일단 들어 보기로 했다. 검찰청 검사실이라고 하니 괜스레 찜찜했다.

"다른 게 아니라 김상호 씨 계좌가 불법으로 이용되고 있어서 연락을 드렸습니다."

계좌?

불법 이용?

둘 다 금시초문이었다.

"무슨 말씀인지 모르겠는데요. 제 계좌는 문제가 없습니다."

거기까지 말했던 상호는 퍼뜩 한 가지 기억이 떠올랐다.

다음 달이면 자취방을 빼고 이사를 해야 한다. 그때 사용할 월세 보증금 몇 천만 원을 아버지에게 빌려 통장에 넣어 두었다.

혹시 그 돈이?

"김상호 씨는 모르고 계시겠지만 계좌가 불법 자금 세탁에 사용되어 곧 압류될 예정입니다."

"압류요?"

"네. 그렇게 되기 전에 계좌에 들어 있는 돈을 저희 쪽으로 송금해 주시면 일을 처리한 뒤에 다시 돌려 드리겠습니다."

남자의 어눌한 말을 듣다 보니 비슷한 피해 사례들을 TV에서 보도한 게 생각났다. 검찰에서는 직접 전화해서 개인에게 이런 이야기를 하지 않는다는 말도 떠올랐다. 게다가 경제 범죄 담당이 따로 있는지조차 의심스러웠다.

남자는 부정확한 발음과 이상한 억양으로 빠르게 말을 이었다.

"지금 당장 은행 ATM기로 가서서 제가 말씀드리는 절차에 따라 송금을 해 주십시오. 그러지 않을 시에 발생하는 피해는 저희 쪽에서 책임지지 않으며……."

"잠깐!"

상호가 남자의 말을 잘랐다.

"왜 그러십니까?"

"이게 아주 어디서 약을 팔고 있어?"

상호가 소리를 쳤다. 사실 아까부터 기분이 상해 있던 상호였다. 서류를 넣은 곳의 연락을 기다리고는 있었지만 솔직히 말하자면 헛된 기다림이라는 걸 자신도 잘 알고 있었다.

서류 합격은 낙타가 바늘을 통과하는 일보다 힘들었다. 그래도 어쩔 수 없이 기다린 시간이 아까웠고 그게 분노로 이어지던 찰나 남자의 전화를 받은 것이다.

그런데 너무나도 뻔한 보이스 피싱이었다. 자신의 번호를 어떻게 안 건지도 궁금했지만 일단 그것보다 짜증이 치솟았다.

이런 것들까지 날 만만하게 봐?

그래서 상호의 목소리는 더 커지고 말투는 더 거칠어졌다.

"너희들 사기지? 보이스 피싱이지?"

"그, 그게 아니라⋯⋯."

"그게 아니긴 뭐가 아니야! 내가 모를 줄 알아? 내가 그렇게 만만하게 보이냐고? 어디서 한국말도 똑바로 못하는 놈이 전화를 걸어선, 뭐 검찰이 어쩌고 어째? 야! 너 인생 똑바로 살아. 이런 찌질한 짓 그만하고. 목소리 들어 보니 너도 나이 얼마 안 먹은 것 같은데 버러지 같은 인생 계속 살 바엔 차라리 죽는 게 낫다. 내 말 알아들어?"

남자는 대답이 없었다.

모처럼 화풀이 대상을 만난 상호는 신나게 퍼부어 댔다.

"그리고⋯⋯ 어쩜 그렇게 허술하냐? 요즘 이런 전화에 누가 당한다고. 저능아 아냐? 머리가 모자란 거 아니냐고? 너도 벌어 먹고 살기 힘들지? 그러니까 이딴 짓거리나 하고 있지. 쯧쯧. 인생이 불쌍하다. 인생이 불쌍해. 그렇게 할 짓이 없으면 노가다라도 나가! 너 같은 인간 받아 줄 곳이 있는지는 모르겠지만. 하여간 너 오늘 내 눈에 안 띈 걸 다행으로 생각해. 내 눈에 띄었으면 아주 그냥⋯⋯."

"띄었으면?"

남자가 갑자기 물었다.

"응?"

"띄었으면 어떻게 할 거냐고?"

남자의 말투가 거칠어졌다.

상호는 잠시 당황했지만 곧 분노를 되살렸다. 어차피 상대는 전화로밖에 떠들지 못한다. 생각 같아서는 더 심한 욕을 퍼붓고 싶었다.

"이 새끼가 어디서 목소리를 깔아? 눈에 띄면 어떻게 할 거냐고? 죽었지, 새끼야!"

"죽여봐. 어디 한번 죽여봐."

"허. 이거 알고 보니 완전 미친놈이네. 네가 뭘 잘했다고 큰소리야?"

"너 말조심해라."

"싫다. 이 새끼야!"

"말조심하라고."

"말조심 안 하면 어쩔 건데? 네가 뭘 어쩔 건데? 하아. 생각할수록 열받네, 이거. 어휴. 이 쓰레기 새끼 확 그냥."

"김상호. 너 우리가 찾아간다."

남자가 갑자기 목소리를 깔고 말했다.

"찾아온다고? 그렇게 협박하면 내가 겁먹을 줄 알았냐? 배짱도 없는 새끼가. 그런 배짱 있으면 네가 전화로 이 지랄 하고 있겠냐? 확 신고해 버리기 전에 잘못했다고 빌어."

상호는 말을 하면 할수록 더 화가 났다. 이런 인간과 전화를 하고 있다는 것 자체가 짜증났다.

"김상호. 너 우리가 너에 대해 얼마나 잘 알고 있는지 모르지?"

남자가 말했다.

그 대목에서는 상호도 뜨끔했다. 전화번호와 이름을 알고 있다. 혹시 그 외에도 다른 개인 정보를 더 알고 있는 게 아닐까?

상호는 갑자기 불안해졌다.

설마 집 주소까지 알고 있는 건 아니겠지?

"알긴 네가 뭘 알아?"

상호는 일단 세게 나가기로 했다.

"지금 찾아간다. 멀지 않은 곳이다. 기다려라, 김상호."

남자는 거기까지 말하고 일방적으로 전화를 끊었다.

"어라? 야! 야!"

상호는 대답 없는 상대를 향해 몇 번 소리를 지르다가 핸드폰을 내려놨다.

이 새끼 뭐야?

진짜로 찾아오는 건 아니겠지?

슬슬 불안감이 밀려왔다. 상호는 다시 핸드폰을 들고 인터넷에서 검색을 시작했다. '보이스 피싱'으로 검색하니 관련 기사가 수도 없이 떴다. 검찰청 운운하며 돈을 부치라는 방식의 보이스 피싱은 이미 낡을 대로 낡은 수법이었다.

"거봐. 아직도 이런 식으로 돈을 벌다니."

상호는 하루에도 수도 없이 많은 사람이 비슷한 전화를 받고 자신과 비슷한 반응을 보일 거라 생각하니 괜스레 안심이 됐다. 욕을 좀 했다고 해서 직접 찾아오는 일은 없을 것이다.

"괜히 긴장했잖아."

상호는 가슴을 쓸어내리며 헛웃음을 삼켰다. 혼자이긴 해도 잠시나마 긴장했다는 게 영 민망하고 쑥스러웠다.

"에이. 어차피 합격 전화도 안 올 건데 영화나 한 편 때리자."

상호는 노트북을 켜서 다운받아 놓은 영화를 플레이했다. 영화는 제법 흥미진진했다. 처음에는 집중이 안 될 줄 알았는데 곧 세상모르게 영화에 빠져들었다.

얼마나 시간이 흘렀을까, 핸드폰이 울렸다. 상호는 반사적으로 벌떡 일어나 핸드폰을 들었다. 02로 시작하는 아까와 같은 번호였다.

"뭐야? 장난치는 거야?"

상호는 핸드폰을 한참 바라봤다. 전화는 끈질기게 계속 울어 댔다. 마치 이렇게 외치는 것 같았다.

거기 있는 것 아니까 빨리 받아!

얼마 후 전화가 끊어졌다. 상호는 찜찜한 마음을 가누지 못하고 핸드폰을 바라봤다.

설마…… 아니겠지?

다시 전화가 왔다. 이번에도 같은 번호였다. 놀란 상호는 핸드폰을 바닥에 떨어뜨렸다.

"깜짝이야……."

상호가 그렇게 중얼거렸을 때였다.

딩동! 딩동!

초인종이 연달아 울렸다. 상호의 자취방은 원룸이었다. 현관 문만 통과하면 각 집으로 찾아올 수 있었다. 그중에서도 상호의 집은 408호였다.

상호는 인터폰을 확인했다. 모자를 푹 눌러쓴 남자가 현관 앞에 서 있었다.

"누, 누구세요?"

상호가 물었다.

"택배입니다. 문 좀 열어 주세요."

남자의 말이 인터폰 스피커를 타고 웅웅 울렸다.

"네. 알겠습니다."

문을 열려던 상호는 멈칫했다.

가만, 내가 택배를 시킨 게 있었던가?

아무리 생각해도 없었다.

"어느 택배시죠?"

상호가 물었지만 남자는 대답 없이 초인종만 노려보고 있었다.

안 돼.

이건 위험하다!

상호의 머릿속에 경고등이 켜졌다. 상호는 인터폰을 꺼버렸다.

이대로 집 안에 있으면 될까?

현관문을 통과하는 건 어려운 일이 아니었다.

다른 사람이 드나들 때를 기다려 슬쩍 들어오거나 다른 집 초인종을 눌러서 택배라고 이야기하면 아마 십중팔구 그냥 열어 줄 것이다. 거기까지 생각이 미치자 덜컥 겁이 났다. 상호는 핸드폰을 챙겨 들고 밖으로 나왔다.

1층으로 나갈 수는 없었다. 상호는 옥상을 떠올렸다. 담배가 간절할 때 몰래 옥상에 올라가 피우곤 했다.

옥상은 한 층 위였다. 상호는 계단으로 다가가 슬쩍 아래를 살펴봤다.

현관문 열리는 소리가 들렸다. 상호는 숨을 삼키며 계단을 올라 옥상으로 향했다. 옥상 문을 여니 바람이 가득 불어왔다. 식은땀이 마르면서 한기가 몰려왔다.

"젠장. 이게 뭐야?"

저절로 욕이 튀어나왔다.

오버하는 게 아닐까?

진짜 택배라면?

고향에 사시는 부모님이 뭔가를 보내 주신 걸지도 모른다.

다시 내려갈까?

잠시 망설이던 상호는 옥상에서 고개를 빼고 아래쪽을 내려다봤다. 모자를 쓴 남자가 올라오고 있었다. 택배 회사처럼 보이는 조끼를 입었지만 어디인지는 불확실했다.

문제는 뒤따라 올라오는 또 다른 남자였다. 둘 다 덩치가 컸다. 두 사람은 뭔가를 상의하듯 서로 말을 주고받더니 곧장 408호로 향했다.

"뭐, 뭐야? 진짜잖아!"

진짜였다.

진짜로 그놈들이 찾아온 거였다.

상호는 서둘러 옥상 문을 닫고 잠가 버렸다. 그런 뒤 물탱크 뒤쪽으로 가서 숨었다.

잠긴 문이야 놈들이 마음만 먹는다면 금방 열 것이다. 시간 벌이용밖에 안 된다. 그동안에 신고를 해야 한다!

상호는 핸드폰을 꺼내 112를 눌렀다.

하지만 핸드폰은 먹통이었다. 안테나는 다 뜨는데 전화가 되지 않았다. 지이잉, 하는 이상한 소음만 들릴 뿐이었다.

"이것들이 내 핸드폰에 뭘 한 거야?"

상호는 벌벌 떨었다.

그때였다.

쾅!

옥상 문에서 엄청난 소리가 났다. 그 두 남자가 뭔가로 옥상 문손잡이를 때리고 있었다.

"으……."

상호는 비명이 튀어나오려는 걸 간신히 참았다.

"침착하자. 침착해."

상호는 마음을 다잡았다. 놈들이 물탱크 뒤쪽으로 다가오면 반대편으로 빠져나가 단숨에 옥상을 내려간다는 간단한 계획을 세웠다. 달리기라면 자신이 있었다.

쾅!

다시 한 번 소리가 들리는가 싶더니 문이 벌컥 열렸다. 모자를 쓴 남자 둘이 성큼 들어왔다.

"김상호 씨. 이리 나와요."

한 남자가 말했다. 또 다른 남자는 옥상을 이리저리 살피고 있었다. 물탱크 뒤에서 상황을 지켜보던 상호는 튀어 나갈 준비를 했다.

"나오라니까."

남자가 소리를 질렀다.

"시간 없어. 빨리 뒤지자."

또 다른 남자가 말하며 물탱크 쪽으로 다가왔다. 먼저 입을 열었던 남자가 그 뒤를 따랐다. 이제는 두 사람 다 물탱크를 향해 다가오고 있었다.

조금만 더…… 조금만 더.

두 남자가 물탱크에 거의 다다른 순간, 상호가 튀어 나갔다.

"엇!"

"야! 거기 서."

상호가 옥상 문과 훨씬 가까웠다. 상호는 미친 듯이 달려 문을 빠져나갔다. 뒤에서 쫓아오는 발소리가 들렸다.

"살려 주세요!"

상호의 목소리가 원룸 안에 쩌렁쩌렁 울려 퍼졌다. 상호는 계단을 달려 내려가 자신의 집인 408호 앞을 지났다.

그 순간 408호에서 남자 하나가 휙 튀어나왔다.

"으악!"

상호가 비명을 지르며 멈춰 섰다.

남자는 망설이지 않고 손에 들고 있던 망치를 휘둘렀다.

퍽!

둔탁한 소리와 함께 상호가 쓰러졌다. 머리에서 새빨간 피가 흘러내렸다.

"내가 찾아온다 했지?"

남자가 씩 웃으며 말했다. 그러고는 망치를 들어 올려 힘껏 휘둘렀다.

몇 번이고 계속해서.

물론 진실은 알 수가 없다.

액운

누군가에게 들은 이야기다.

이모할머니가 찾아오신 것은 오랜만의 일이었다. 연로하신 이모할머니는 좀처럼 바깥출입을 하지 않으셨다. 기주는 이모할머니를 보고 꾸벅 인사를 하면서도 이상하다는 생각을 했다.

부모님은 이모할머니를 깍듯이 대했다. 기주는 이모할머니에 대한 별다른 기억이 없었기에 데면데면할 수밖에 없었다. 아버지의 이모라고는 하지만 교류가 많은 것은 아니었다. 기주에게는 거의 남이나 다름없었다.

가끔 아버지가 이모할머니 이야기를 꺼내기는 하셨지만 기주는 그것마저 흘려들었다. 기주가 이모할머니에 대해 아는 거라곤 거동이 불편하시다는 것 정도뿐이었다.

그런데 기주의 집까지 찾아오신 것이다.

그것도 왕복 네 시간이 넘는 거리를.

"아이고. 연락도 없이 어쩐 일이세요?"

아버지의 물음에도 이모할머니는 불분명하게 웅얼거리기만 했다. 문득 생각이 나서 찾아왔다는 것이다.

기주는 어머니가 주방으로 갈 때를 기다려 슬쩍 따라갔다.

"이모할머니, 괜찮으신 거지?"

기주가 물었다.

"뭐가?"

"아니. 이상하잖아. 갑자기 찾아오셔서는. 혹시 치매나……."

"얘가 무슨 소릴 하는 거니. 눈빛도 반짝반짝하고 말씀도 잘 하시는 걸 보니 오히려 건강이 좋아지신 것 같은데."

어머니의 말을 듣고 보니 그런 것도 같았다. 기주는 고개를 갸우뚱했다.

"그런데 왜 오셨을까?"

"이상한 소리 하지 말고 식탁 차리는 거나 도와줘."

어머니가 기주에게 말했다.

이모할머니는 저녁까지 아주 잘 잡수셨다. 그러고는 집으로 가겠다고 말씀하셨다.

"아니, 주무시고 가시죠. 내일 아침에 가시면 되잖아요."

아버지의 말에도 이모할머니는 강경하셨다. 오늘 꼭 집으로 돌아가야 한다는 거였다. 이모할머니는 그러면서 해줄 말이 있으니 모여 보라고 하셨다.

할 수 없이 기주까지 거실에 모였다.

"내가 어제 꿈을 꿨어."

이모할머니가 입을 여셨다.

'꿈? 무슨 소리를 하시려는 거지?'

기주는 꿈이니 하는 것들을 믿지 않았다.

"꿈에서 뭔가를 좀 봤는데…… 너희 집에 액운이 끼어서 아주 안 좋은 일들이 일어났어."

이모할머니는 가래 끓는 목소리로 그렇게 말씀하셨다.

"어허. 그래요?"

아버지는 맞장구를 치며 어머니 쪽을 슬쩍 돌아봤다. 꿈이니 하는 것들은 어머니가 잘 믿었다. 어머니 얼굴은 대번에 어두워졌다.

"그래서요?"

어머니가 이모할머니 곁으로 바싹 다가앉았다.

"그래서 내가 용한 무당한테 뭘 좀 받아 왔지."

이모할머니는 그렇게 말하며 가져오신 보따리를 풀어 헤쳤다. 그 속에는 낡은 양복 한 벌과 구두 한 켤레가 들어 있었다. 어제까지 누가 입고 신던 것들 같았다.

기주는 얼굴을 찌푸렸다. 그 양복과 구두를 보자 자기도 모르게 혐오감이 들었던 것이다.

"이게 뭡니까?"

아버지가 물었다.

"집 현관에 이 양복을 걸어 두고 구두도 놔둬. 그래야 액운이 사라져."

"액운이 뭔데요?"

참다못한 기주가 처음으로 입을 열었다. 이모할머니는 주름이 자글자글한 눈으로 기주를 오래 바라봤다.

"이유 없이 사람이 아프고, 안 좋은 일이 생기고, 말썽에 휘말리고, 심할 땐 사람이 죽어 나가기도 하는 게 액운이지. 다 귀신이 장난질을 치는 거야."

"그게 왜 하필이면 우리 집에……."

어머니는 이모할머니 말을 완전히 믿는 것 같았다. 기주는 답답했다.

"이걸 잘 모셔 놔야 해. 절대 옮기거나 없애지 말고. 알겠어?"

이모할머니는 거듭 당부를 하셨다. 어머니는 걱정 어린 표정으로 고개를 끄덕였다. 잠시 후 이모할머니는 할 일을 마쳤다는 듯 홀가분한 표정으로 돌아가셨다.

집에는 이모할머니가 두고 간 양복과 구두만 덩그러니 남았다.

"저걸 어쩌실 거예요?"

기주가 퉁명스레 물었다.

"어쩌긴. 말씀대로 현관에 놔둬야지."

어머니는 대번에 양복과 구두를 챙겨 들었다.

"으. 싫어요. 기분 나쁘잖아요."

기주가 말했지만 아버지까지 거들고 나섰다.

"그래도 찜찜하잖니. 저 노인네가 우리 걱정해서 여기까지
들고 오셨잖아. 일단 양복은 현관에 걸어 놓고 구두도 현관 앞
에 두자고."

기주는 부모님이 각각 양복과 구두를 현관에 두는 걸 보다가
방으로 들어갔다.

기주 입장에서는 도무지 이해할 수 없었다. 시커먼 양복과
구두는 기분만 나쁘게 할 뿐이었다.

며칠이 흘렀다.

양복과 구두를 놔두긴 했지만 이모할머니가 다녀가신 후 어
머니의 표정은 어둡기만 했다. 계속 액운 걱정을 했다.

"저걸로 괜찮겠지?"

어머니는 자주 그렇게 물었다.

"괜찮죠. 그럼."

"아니…… 요즘 꿈자리가 뒤숭숭해서."

어머니는 계속 그런 말을 했다.

"저런 걸 걸어 놓으니까 꿈자리가 뒤숭숭한 거잖아요."

그날도 기주는 어머니에게 그렇게 말을 한 후 학교로 향했다. 발표 수업이 있는 중요한 날이었다. 기주는 옆으로 메는 가방에다가 노트북을 넣고 길을 걸었다. 지하철을 타려면 건널목을 건너야 했다. 신호가 바뀐 걸 확인한 기주가 건널목을 막 건너려고 할 때였다.

부웅!

신호를 무시한 오토바이 한 대가 건널목으로 뛰어들었다. 그러고는 기주 곁을 아슬아슬하게 스치고 지나갔다. 그 바람에 가방이 떨어졌고 노트북이 박살나고 말았다. 오토바이는 멈출 생각도 하지 않고 유유히 사라졌다.

"야! 이 새끼야!"

정신을 차린 기주가 멀어지는 오토바이를 향해 욕을 했지만 이미 지나간 일이었다. 발표를 망치고 학교에서 돌아온 기주는 부모님께 낮에 있었던 일을 이야기했다.

"뭐? 노트북이야 새로 사면 되지. 넌 안 다쳤어?"

어머니가 걱정스러운 표정으로 물었다.

"전 괜찮아요. 가방만 치고 지나갔어요."

"그만하길 천만다행이다. 이게 다 저것들 덕분이야."

아버지는 그렇게 말하며 현관 쪽으로 고개를 돌렸다.

"그러게. 저게 없었다면 지금쯤 어떻게 됐을지."

어머니까지 같은 이야기를 하자 기주는 답답함을 느꼈다.

'우연한 사고였을 뿐인데……'

그러고 또 며칠이 지났다.

이번에는 아버지가 사고를 당했다. 학교에 있던 기주는 아버지의 사고 소식을 듣자마자 병원으로 달려갔다. 공장에서 근무하는 아버지는 주로 위험한 기계를 점검하는 일을 했다.

아버지는 평소처럼 점검하고 있었다. 그런데 멈춰 있어야 할 기계 하나가 작동을 했고 아버지는 기계 속으로 끌려 들어가고 말았다. 다행히 옆에 있던 사람이 긴급 정지 버튼을 눌렀다. 그래도 아버지는 꽤 중상을 입었다. 갈비뼈가 세 대나 부러지고 오른쪽 팔 역시 부러졌다. 의사는 머리나 척추를 안 다친 게 천만다행이라고 했다.

온몸에 깁스를 한 아버지를 보자 기주는 왈칵 눈물이 쏟아졌다. 헬쑥한 얼굴의 어머니가 기주를 보고 말했다.

"이만하길 다행인 거야. 그 양복이랑 구두가 없었으면 너희 아버진 진짜 큰일 났을 거야."

그때쯤에는 기주도 화를 주체할 수 없었다.

"뭐가 다행이에요! 이모할머니 말씀대로라면 아무런 일도 없어야 하는데 계속 안 좋은 일이 생기잖아요."

"우리 집에 낀 액운이 그만큼 강한 거겠지."

어머니는 체념한 듯 말했다.

"어휴. 속 터져서 정말!"

기주는 화가 나서 병실을 나와 버렸다. 곧 후회를 했지만 답답한 마음은 쉽게 가라앉지 않았다.

그날 밤은 어머니가 간호를 하고 기주가 집에 들어가기로 했다. 기주는 텅 빈 집에서 허전함을 느꼈다.

거실에서 TV를 봤지만 신경은 온통 양복과 구두에 쏠렸다. 그 검은색이 너무 거슬렸다. 기주는 참다못해 현관 앞으로 갔다. 그러고는 양복 이곳저곳을 뒤지기 시작했다. 양복 안쪽 라벨에 이름이 적혀 있었다.

김용호.

어딘가 익숙한 이름이었다.

"분명히 들어 봤는데……."

머리를 계속 굴려 봤지만 생각나는 건 없었다. 기주는 양복을 다시 제자리에 걸어 놨다. 손을 대는 것만으로도 찝찝했다.

기주는 일찌감치 잠자리에 들었지만 새벽까지 뒤척이다가 겨우 잠에 빠져들었다.

그때였다.

거실에서 인기척이 들렸다. 기주는 몰려오는 잠을 간신히 쫓으며 일어났다.

'어머니가 돌아오셨나?'

그런 생각이 들었기 때문이다.

방문을 열려던 기주는 섬뜩한 느낌에 얼어붙었다. 기주는 조심스레 방문을 조금만 열었다. 시커먼 그림자가 거실 곳곳을 돌아다니고 있었다.

'뭐, 뭐야?'

그림자의 정체는 검은 양복과 구두였다.

마치 누군가가 입고 있기라도 한 것처럼 그것들이 움직였다. 양복과 구두가 움직일 때마다 검은 기운이 집 안 구석구석으로 퍼져 나갔다. 양복이 기주의 방을 향해 휙 돌아섰다.

그러고는…….

다다다다!

구두와 함께 달려왔다.

"으악!"

기주는 비명을 지르며 눈을 떴다.

꿈이었다.

지독하게 불길한 꿈.

기주는 얼른 일어나 현관으로 달려 나갔다. 양복과 구두는 제자리에 있었다. 하지만 왠지 조금 비뚤게 걸려 있는 것도 같았다.

기주는 날이 밝을 때까지 뜬눈으로 지새웠다. 그런 뒤 고등학교 때 동창 한 명에게 전화를 했다. 그 동창은 어머니가 무당이었다.

"여보세요? 나야. 기주. 나 지금 좀 안 좋은 일에 휘말린 것 같은데 너희 어머니께 상담 좀 받을 수 있을까?"

친구는 기주가 이런 쪽으로는 믿지 않는다는 걸 알기에 상당히 의외라는 반응을 보였다.

"그렇게 됐어. 내 이야길 들어 보면 너도 이해할 거야."

친구는 어서 오라고 했다.

기주는 전화를 끊자마자 대충 세수를 하고 친구네 집으로 향했다. 이야기를 다 들은 친구의 어머니는 고개를 절레절레 저었다.

"액운을 막는 게 아니라 액운을 붙여 왔네!"

친구의 어머니는 날카로운 목소리로 그렇게 말했다.

"그, 그게 무슨 말씀이세요?"

기주가 더듬거리며 물었다.

"지금 당장 네 어머니한테 전화 걸어."

"네?"

"전화 걸어서 김용호가 누군지 물어봐."

기주는 어머니에게 전화를 걸었다.

"여보세요?"

"나야, 기주. 뭐 하나만 물어볼게. 우리 친척 중에 김용호라고 있어?"

"이 아침에 갑자기 무슨 소리야?"

"빨리 좀 말해 줘. 급한 일이야."

"김용호…… 김용호…… 아!"

"있어?"

"이모할머니 딸의 남편, 그러니까 너한텐 5촌 이모부 성함이 김용호야."

"5촌 이모부? 혹시 그분은 지금 뭐 하셔?"

"뭐 하시긴. 거기 암에 걸려서 오늘내일 하신다고 들었는걸. 그 집도 액운이 끼었는지 안 좋은 일이 연달아 일어났어."

"알겠어. 내가 또 전화할게."

기주는 서둘러 전화를 끊고 통화 내용을 이야기했다.

친구의 어머니가 탁자를 탁 내리쳤다.

"허허. 그 이모할머니란 분이 아주 고약하네. 액운 낀 사람 옷을 넘기는 것은 액운을 떠넘기는 일이거늘. 아마 모르고 그랬을 리는 없고 그 집 액운을 너희 집에 넘기려고 일부러 그런 것 같구나."

기주는 가슴이 철렁했다.

도저히 믿고 싶지 않은 이야기였지만 지금까지의 상황을 놓고 봤을 때 충분히 가능한 일이었다. 실제로 기주 집에 안 좋은 일이 생기기 시작한 것도 그 양복과 구두가 들어온 뒤부터였다.

"그럼 어떻게 하면 좋을까요?"

"싹 다 버려야지!"

집으로 돌아간 기주는 양복과 구두를 조각조각 잘라서 쓰레기봉투에 넣은 다음 바로 버렸다.

어머니에게는 사정을 이야기했다. 기주의 이야기를 들은 어머니는 놀라서 아무런 대답을 하지 못했다.

기주는 그래도 분이 풀리지 않았다. 어머니에게 이모할머니의 전화번호를 물은 기주는 전화를 걸었다.

몇 번의 신호음이 울리고 이모할머니가 전화를 받으셨다.

"여보세요?"

특유의 목소리가 들렸다.

"왜 그러셨어요? 도대체 우리 집에 왜 그러셨어요?"

기주가 다짜고짜 따지고 들었지만 이모할머니는 당황하지 않았다. 대신에 이렇게 말했을 뿐이었다.

"우리 딸네 집만 아니면 어디든 괜찮았거든. 다음에 또 찾아갈게."

섬뜩해진 기주는 전화를 끊어 버렸다.

이모할머니가 또다시 찾아오는 일은 없었다. 기주의 집에서 연달아 일어나던 사고도 멈췄다.

물론 진실은 알 수가 없다.

옆집 사람

누군가에게 들은 이야기다.

○○동에서 연쇄살인이 일어났다. 여성을 잔인하게 살인하고 시신까지 훼손하는 엽기적인 범행이었다.

○○동은 발칵 뒤집어졌다. 작고 조용한 동네였던 데다가 지금까지 큰 사건 한 번 일어나지 않았던 곳이라 그 충격은 더 컸다.

인터넷과 TV에서는 연일 ○○동 연쇄살인사건을 보도했다. ○○동에 사는 사람들은 불안에 떨어야 했디.

연쇄살인마의 수법은 대담했다.

어두운 밤길을 걷는 여성을 납치해 살해한 후 시신을 동네

놀이터나 주민센터 앞에 버려 놓곤 했다. 사람들은 범인이 ○○동을 잘 아는 사람일 거라 짐작했다.

동네 사람들은 모였다 하면 그 이야기밖에 하지 않았다. 경찰들이 수시로 순찰을 돌았지만 범행은 계속됐다. 그리고 바로 어제 다섯 번째 희생자가 발견됐다.

동네 사람들은 비상 모임을 소집해 동장 집에 모두 모였다. 동네 어른 대부분이 왔다.

미희도 그중 한 사람이었다. 미희는 조그마한 연립주택에서 자취를 하고 있었다.

연쇄살인이 일어난 후부터는 밤길을 걷는 것 자체가 무서운 일이 됐다. 하지만 아르바이트를 끝내고 나면 항상 밤이었다. 이 범인이 잡히지 않는 한 미희는 안심할 수 없었다. 지푸라기라도 잡는 심정으로 비상 모임에 참석한 것은 그 때문이었다.

"자, 모두 모였으니까 대책 회의를 한번 해 봅시다."

동장이 말했다.

"그래요. 무슨 수를 써야 해요. 흉흉한 소문이 돌고 집값도 떨어지고 아주 죽을 지경이에요."

누군가가 말하자 또 다른 누군가가 핀잔을 줬다.

"지금 이 판에 집값 걱정이 웬 말이에요! 우리 딸은 집 밖에 나가지도 못한다고요."

"쓸데없는 소리들 그만하고 현실적인 대안을 제시합시다!"

"이게 왜 쓸데없는 소립니까? 그러는 당신은 무슨 계획이 있는데?"

회의는 시작부터 대혼란이었다.

사람들은 대부분 두려움과 분노에 차 있었고 제대로 된 의견을 낼 상태도 아니었다.

"이사가 답이야. 이사를 가야 해."

그렇게 말하는 사람도 있었다.

미희는 참석한 지 5분 만에 후회했다.

'괜히 왔어.'

어차피 조금 있으면 아르바이트를 하러 가야 할 시간이다. 미희는 눈치를 보다가 슬쩍 일어날 생각이었다.

그때 옆자리에 앉은 남자가 조용히 손을 들었다. 사람들은 일제히 그 남자를 바라봤다.

"제가 의견 하나를 내겠습니다. 저희들이 방범 조직 같은 걸 만들어서 주기적으로 순찰을 하는 건 어떨까요? 지하철역에서부터 여성들의 귀가도 돕고. 경찰 인력으로는 아무래도 한계가 있으니까요."

남자는 차분하게 말했다. 미희는 중년 남자의 얼굴을 가만히 들여다봤다. 몇 빈 마주친 기억이 있었다. 미희와 같은 연립주택 주민이었다. 언제나 점잖은 태도였고 눈이라도 마주치면 꼭 먼저 목례를 하던 사람이었다.

"오! 한 선생님 의견이 참 괜찮네요."

동장은 그를 선생님이라고 불렀다.

'진짜로 선생님인 걸까?'

미희는 궁금했다.

그러고 보면 그의 점잖고 예의 바른 태도가 어쩐지 이해됐다.

"많은 분들이 동의만 해주신다면 조를 나눠서 시간대별로 활동하면 될 겁니다. 일몰부터 자정 정도까지만 돌면 될 테니 시간도 그리 오래 걸리지 않을 겁니다. 어떻습니까?"

"저는 좋은데 다른 분들 의견은 어떻습니까?"

동장이 물었다.

반대하는 이는 한 명도 없었다.

"경찰들 말로는 이쯤 되면 모방범죄가 일어날지도 모른다고 합니다. 그런 것까지 막기 위해서는 이 방법이 최선이라고 생각합니다."

한 선생님이라 불린 남자가 다시 한 번 힘주어 말했다.

결국 그날의 회의는 동장과 한 선생이 주도해서 순찰조를 편성하는 걸로 결론을 맺었다. 미희는 그래도 다행이라는 생각을 하며 아르바이트를 하는 편의점으로 향했다.

아르바이트를 끝내면 11시가 넘는다. 미희는 교대를 하고 집으로 향했다. 편의점에서 집까지는 걸어서 10여 분. 어두운 골목길을 걸어가야 해서 여간 신경 쓰이는 게 아니었다.

미희는 마음을 졸이며 길을 걸었다. 한눈을 팔지 않으려고 일부러 핸드폰도 꺼내지 않았다. 주머니에 손을 푹 찔러 넣고 정면만 주시한 채 빠른 걸음으로 걸어갔다.

이제 곧 으슥한 구간이었다. 여기만 빨리 통과하면 다시 가로등이 나온다.

'여자들만 골라 죽인다는 그 연쇄살인마는 도대체 어떤 놈일까?'

그런 생각을 떨쳐 버리고 싶었지만 불가능한 일이었다. 생각을 안 하려 할수록 더 생각났다.

뉴스에 나왔던, 각종 강력 범죄를 저지른 범인들 얼굴이 쭉 떠올랐다. 특히 여자를 납치해 죽인 후 수십 토막으로 잘라 인육 논란까지 일어났던 그 사건이 머릿속에서 떠나지 않았다.

사실 ○○동에도 수상해 보이는 사람들이 제법 많이 살았다.

미희의 옆집만 해도 외국인이 살고 있었다. 동남아 쪽 사람인 것 같은데 항상 음침해 보였고 불만이 가득한 것처럼 보였다.

미희는 그 사람과 마주치면 본능적으로 움츠러들었다.

'이사를 가야 하나.'

미희는 그런 생각을 했다.

그때였다.

인기척이 느껴졌다. 미희는 슬쩍 뒤를 돌아봤다.

그 사람이었다.

그 동남아인.

미희의 바로 옆집에 사는 사람. 그 남자가 팔을 휘적휘적 저으며 미희를 향해 걸어오고 있었다.

미희는 고개를 홱 돌렸다. 심장이 두근두근 뛰기 시작했다.

'설마…… 저 사람일까?'

알 수가 없었다. 그래서 더 불안했다.

'어떡하면 좋지?'

미희는 잰걸음으로 골목길을 걸었다. 뛸 수는 없었다. 뛰어간다면 상대방도 쫓아올 것 같았다.

다시 한 번 슬쩍 고개를 돌렸다. 그 남자와의 거리가 한층 가까워졌다.

'비명을 지를까?'

그랬다가 저 남자를 자극하면 어떻게 되는 거지?

머릿속이 복잡했다. 너무나 무서워서 생각을 정리할 수 없었다.

뚜벅.

뚜벅.

남자의 발걸음이 갑자기 빨라졌다. 미희는 다리에 힘이 풀렸다. 그 자리에서 주저앉을 것만 같았다.

그 순간 묵직하고 따뜻한 목소리가 들렸다.

"괜찮으세요?"

미희는 고개를 들었다.

한 선생이 손전등을 들고 서 있었다.

"아!"

미희는 자기도 모르게 그런 소리를 냈다.

"이렇게 늦은 밤에 혼자 다니시면 위험하죠."

한 선생이 부드럽게 웃으며 말했다. 미희는 뒤를 돌아봤다. 그 동남아 남자가 미희와 한 선생 곁을 지나쳐 갔다. 그 남자는 미희를 뚫어져라 바라봤다. 미희는 한 선생 곁으로 바짝 붙어 섰다.

"왜 그러십니까?"

"저 남자…… 저 남자가…….."

"혹시 무슨 짓이라도?"

미희는 한참을 생각하다가 고개를 저었다.

"아니에요. 제가 신경이 예민했던가 봐요."

아무런 증거도 없이 옆집 사람을 연쇄살인마로 지목할 수는 없었다.

하지만…….

아무래도 찜찜한 마음을 쉽게 거두기는 힘들었다.

"이런 상황에서는 그럴 만하죠. 마침 집이 같은 방향이니 가시죠. 저도 이제 순찰이 끝났습니다."

한 선생이 말했다.

미희는 고개를 끄덕였다. 이런 상황에서 한 선생을 만났다는 게 행운처럼 느껴졌다.

"저…… 그런데 선생님 맞으시죠?"

미희가 한 선생과 같이 걸으며 물었다.

"퇴직한 지 좀 됐습니다."

"정년까진 많이 남으신 것 같은데."

"몸이 좀 안 좋아서요. 일찍 퇴직을 했습니다. 허허."

한 선생은 사람 좋아 보이는 미소를 지었다.

"동네 일에 이렇게 앞장서 주시고 감사합니다. 덕분에 안심하고 다니게 됐어요."

미희가 진심을 담아서 말했다.

"범인이 잡힐 때까지는 서로 도우면서 신경을 써야죠. 그래야 희생자가 더 이상 나오지 않죠."

한 선생이 안타깝다는 듯 얼굴을 찡그리며 말했다.

"도대체 이런 범죄를 저지르는 사람은 어떤 인물일까요?"

미희는 아까부터 궁금했던 걸 물었다.

"저도 잘 모르겠습니다. 선생까지 했고 이 나이가 되었는데도 아직 잘 모르는 것이 너무 많습니다. 왜 그런 살의를 품게 되는 것인지……."

"참 어렵네요."

"어렵죠. 어쩌면 범인은 우리의 평범한 옆집 사람일지도 모르니까요."

한 선생의 말에 미희는 반사적으로 그 동남아 남자를 떠올렸다.

옆집 사람.

설마…….

어느새 두 사람이 사는 연립주택에 도착했다.

"먼저 올라가시죠. 전 이 주위를 한 바퀴 둘러보겠습니다."

한 선생이 말했다.

"네. 그럼 수고하세요."

미희는 인사를 건넨 다음 연립주택 안으로 들어갔다.

미희의 집은 4층이었다. 계단을 오르던 미희는 무심코 위를 올려다봤다. 4층 계단 난간 사이로 그 남자가 아래를 내려다보고 있었다.

미희는 깜짝 놀라 멈춰 섰다. 그 남자는 미희와 눈이 마주치자 서둘러 자기 집으로 들어가 버렸다.

'뭐, 뭐지? 날 기다리고 있었던 걸까?'

미희는 무서운 마음에 계단을 달려 올라가다시피 했다. 그러고는 문을 벌컥 열고 안으로 들어갔다.

헉헉 숨을 몰아쉬었다. 핸드폰을 손에 꼭 쥐었다. 여차하면 신고를 할 생각이었다.

'괜찮아. 괜찮을 거야.'

미희는 중얼거리면서 소파에 주저앉았다.

그때였다.

딩동!

초인종이 울렸다. 미희는 흠칫 놀랐다. 오래된 연립주택이라 인터폰 같은 건 없었다.

"누구세요?"

미희가 떨리는 목소리로 물었다.

상대방은 대답이 없었다.

"누구세요?"

다시 한 번 물었다.

그제야 어눌한 말투가 되돌아왔다.

"저…… 옆집 사람입니다."

그 동남아 남자였다.

미희는 핸드폰을 들었다.

"빨리 가세요. 안 가면 신고할 거예요!"

"안 됩니다. 신고. 문 열어 주세요."

말도 안 되는 소리였다.

"안 돼요! 빨리 가세요."

미희가 소리쳤다.

"급합니다. 문, 열어 주세요."

남자는 같은 말만 반복했다. 미희의 심장이 터질 것처럼 뛰었다.

"진짜 신고할 거예요!"

"위험합니다. 여기서 말 못 합니다. 문. 열어 주세요."

남자는 집요했다. 미희는 도저히 견디지 못하고 신고할 결심을 했다.

"옆집 사람……."

남자는 그 말을 끝으로 조용해졌다. 미희는 가만히 귀를 기울였다. 조용했다. 숨소리 하나 들리지 않았다.

'갔나?'

그렇더라도 신고는 해야 할 것 같았다.

미희가 112를 누르려는 순간, 다시 그 소리가 들렸다.

딩동!

"으악!"

이번에는 비명을 지르고 말았다.

"괜찮습니까?"

익숙한 목소리가 문 너머에서 들려왔다.

"한 선생님?"

"네. 접니다. 괜찮으세요?"

"네. 죄송합니다. 제가 놀라서."

"방금 보니까 제 옆집에 사는 그 남자가 문 앞에 서 있더군요. 절 보더니 그냥 가 버렸습니다만."

"네. 그래서 신고를 하려고······."

"죄송하지만 문 좀 열어 주시겠습니까? 이게 보통 일이 아닌 것 같습니다."

"알겠습니다."

미희는 문을 열려다가 잠시 멈칫했다. 무언가가 마음에 걸렸다.

"그 남자가 언제 돌아올지 모르겠습니다."

한 선생의 말에 정신이 번쩍 들었다.

그 남자가 범인이라면 이대로 포기하지 않을 것이다!

미희는 얼른 문을 열었다. 한 선생이 성큼 안으로 들어왔다.

그때였다.

퍽!

그 남자가 어둠 속에서 달려들어 한 선생을 가격했다.

"꺄악!"

미희가 비명을 질렀다. 한 선생이 앞으로 쓰러졌다. 그때 한 선생의 품 안에서 칼 한 자루가 튀어나왔다.

"이, 이게?"

놀라서 엉덩방아를 찧었던 미희는 어리둥절한 표정으로 칼을 바라봤다.

"옆집 사람······ 이 남자, 나 옆집 사람. 이 남자가 범인입니다."

동남아인 남자가 숨을 헉헉대며 말했다.

"이 남자, 밤마다 나갑니다. 물, 엄청 많이 씁니다. 여자 소리
날 때도 많습니다."

남자가 말을 잇는 동안 멀리서 사이렌 소리가 들렸다.

"내가, 신고했습니다. 옆집 사람, 범인입니다."

미희는 한 선생을 바라봤다. 그저 평범해 보이는 옆집의 옆
집 사람일 뿐이었다.

물론 진실은 알 수가 없다.

선한

사마리아인

누군가에게 들은 이야기다.

"저기…… 죄송한데요."
지하철 옆자리 여자가 말을 걸어 왔다.
"아. 네."
핸드폰에 정신을 팔고 있던 남자가 고개를 들고 여자를 바라봤다. 차분한 인상의 여자는 제법 미인이었다. 여자는 곤란한 일이라도 있는 듯 얼굴을 살짝 찡그리고 있었다.
"무슨 일이시죠?"
남자가 물었다.
"옆으로 고개 돌리지 마시고 그냥 제 이야기 좀 들어 주세요."

"네네. 그거야 뭐……."

남자는 다시 한 번 여자를 바라봤다.

무슨 이야기를 하려는 걸까?

혹시 종교 권유는 아닐까?

길을 걷다가 몇 번 잡혀 본 적은 있어도 지하철에서는 처음이었다. 아니, 들어 본 적도 없다. 여자는 평범한 회사원처럼 보였다. 평일 늦은 저녁의 지하철은 사람들로 붐볐다. 서 있는 사람들도 많았다. 대부분 핸드폰을 들여다보고 있거나 자리에 앉은 사람들은 눈을 감고 잠을 청하는 중이었다.

"제가 지금 곤란한 상황에 놓였는데 좀 도와주실 수 있으세요?"

여자가 물었다.

곤란한 상황?

혹시 돈이라도 빌려 달라는 건 아니겠지?

"무슨 곤란한 상황이요?"

"어떤 사람이 절 따라오고 있어요."

"네?"

주위를 둘러보려던 남자는 여자의 말이 생각나 겨우 참았다.

"아까 회사에서부터 계속 따라와서는 지금 지하철까지 탔어요. 바로 이 칸에 있어요."

여자는 목소리를 잔뜩 낮춰서 속삭이듯 말했다.

"이, 이 칸이요?"

덩달아 남자도 목소리를 낮췄다.

"네. 옆에 있어요. 저기 문 쪽에 기대서서 여길 보고 있어요."

"잠시만요. 제가 한번 보겠습니다."

남자는 고개를 들고는 노선도를 살피는 척 주위를 두리번거렸다. 자신의 왼편 옆, 문 쪽에 한 사내가 팔짱을 낀 채 서 있었다. 체구가 작은 사람이었다. 음침해 보이는 인상만 아니라면 평범한 아저씨라 생각해도 무방하리라.

"검정색 점퍼 입은 저 아저씨 맞죠?"

남자가 물었다.

여자는 고개를 끄덕였다.

"경찰에 신고라도 해 드릴까요?"

"아뇨. 일이 커지는 건 싫어서."

여자가 어떤 점을 곤란해하는지는 남자도 충분히 알 것 같았다. 신고를 해봐야 저 사내가 발뺌을 하면 그걸로 끝이다. 나중에 더 큰 보복을 당할지도 모른다.

남자는 이런저런 상황을 머릿속에 그려 봤다. 끔찍한 뉴스 몇 개가 떠올라 자기도 모르게 몸서리를 쳤다. 자신이 그 입장이라도 신고는 망설였을 것이다.

"그러면 어떻게 도와 드릴까요?"

남자가 재차 물었다.

"남자 친구인 척해 주시면 안 될까요?"

"네?"

"사실 저 남자…… 오래전부터 절 따라다녔어요. 제가 남자 친구가 있다고 아무리 말해도 포기하질 않더라고요. 믿지 못하겠다면서."

"어쩌다가 저런 남자랑 엮이게 된 겁니까?"

"독서 모임에서 만났어요. 1년 전에. 정말 미치겠어요."

"아. 그렇군요."

그런 모임에 불순한 의도를 가지고 참석하는 사람도 있다는 사실은 남자도 알고 있었다.

"몇 달 안 보이는가 싶더니 오늘 갑자기 다시 나타났어요. 한마디 말도 안 하고 멀찌감치 떨어져서 계속 따라왔어요. 그게 더 무섭고 섬뜩해요. 아! 지금도 이쪽을……."

여자는 그렇게 말하더니 남자의 팔짱을 끼고 머리를 기대 왔다. 남자는 당황했지만 일단은 가만히 있었다.

"죄, 죄송해요. 이대로 조금만 가만히 있어 주세요."

여자는 웃으며 말했지만 목소리는 사정없이 떨렸다.

"아, 알겠습니다. 해드릴게요. 남자 친구 역할."

남자는 여자가 불쌍했다. 바짝 붙어 있으니 여자가 얼마나 불안해하는지 그 떨림이 고스란히 전해졌다.

"정말요? 감사합니다. 감사합니다."

여자는 남자의 팔을 꽉 쥐며 말했다.

"뭘요……. 어려운 일도 아닌데."

남자는 사내의 눈치를 힐끗 살폈다. 과연 사내는 무시무시한 표정으로 이쪽을 노려보고 있었다.

"저…… 그러면 한 가지만 더 들어주실 수 있으세요?"

여자가 다시 입을 열었다.

"뭔가요?"

"진짜, 진짜 죄송한데 저희 집까지 같이 좀 가 주실 수 있으세요? 저 사람…… 아무래도 따라올 것 같거든요."

맞다! 그럴 수도 있겠네.

남자는 여자가 어떤 걱정을 하는지 알 것 같았다. 지하철 안에서야 연인 사이로 위장을 한다지만 진짜 문제는 여자가 내려서 집으로 갈 때다.

저 사내가 여자 뒤를 밟기라도 한다면…….

생각만 해도 끔찍했다.

"알겠습니다. 이왕 도와 드리기로 한 거 끝까지 책임을 지겠습니다."

남자는 시원시원하게 말했다. 어차피 퇴근을 하고 나면 할 일도 없다. 게다가 내일은 토요일 아닌가. 느긋한 심정으로 이 여자를 돕자.

남자는 그렇게 마음을 먹었다.

"정말 감사합니다."

여자는 그렇게 말하며 안도하는 표정으로 살짝 웃었다. 그 모습이 무척 예뻐 보였다.

"그런데 어디서 내리십니까?"

"다음이에요."

여자가 노선도를 보며 말했다.

"그럼 지금 일어날까요?"

"네. 이 은혜는 잊지 않을게요."

"하하. 은혜까지야. 우선은 별일 없이 집까지 모셔다 드리는 걸 목표로 하겠습니다."

남자는 여자의 부담을 덜어 주려고 일부러 웃어 보였다.

막상 내려야 할 순간이 오자 남자도 긴장했다.

혹시 사내가 따라 내리기라도 한다면?

남자의 걱정은 현실이 됐다. 두 사람이 내리고 난 뒤 막 문이 닫히려는 찰나 사내가 뒤늦게 지하철에서 내렸다.

그걸 먼저 발견한 남자가 여자를 향해 속삭였다.

"저 사람도 내렸어요. 이대로 쭉 집까지 같이 가야겠어요."

"네. 제발 그래 주세요."

"걱정 마세요. 제가 있으니까 저쪽에서도 뭘 어떻게 하진 않을 겁니다."

남자와 여자는 승강장을 빠져나와 도로로 접어들었다.

사내는 일정한 거리를 두고 계속 따라왔다. 남자는 사내가 품 안에 뭘 넣고만 있는 것 같아서 계속 신경이 쓰였다.

혹시 칼은 아닐까?

설마…… 염산이나 뭐 그런 건 아니겠지?

사내와 몸싸움이 벌어진다면 자신이 있었다. 하지만 흉기를 휘두른다면 그건 또 다른 문제였다. 남자의 머릿속에 문득 기사 몇 개가 떠올랐다. 여자를 도와주려고 했다가 오히려 해를 입은 불행한 남자들에 대한 기사.

이 여자는 그럴 사람으로 보이지는 않았지만…….

"저 골목으로 조금만 더 올라가면 돼요."

여자가 왼편에 이어진 오르막길을 가리키며 말했다. 하필이면 가로등이 없는 어두컴컴한 골목이었다.

"어휴. 저 길은 그냥 가려고 해도 무섭겠는데요?"

남자가 말했다.

"네. 그래서 민원도 넣어 보고 했는데 시정이 안 되네요. 평소에도 인적이 드물어서 정말 무서워요. 근데 저 길이 아니면 집까지 갈 수가 없어서……. 계속 따라오죠?"

남자는 슬쩍 뒤를 돌아봤다.

사내는 변함없는 걸음걸이와 속도로 두 사람의 뒤를 밟고 있었다. 그 뻔뻔스러운 행동에 남자는 화가 치밀었다.

차라리 한마디를 할까?

남자는 그런 생각을 했다.

두 사람은 어두운 골목으로 들어섰다. 방금 전까지 시끄럽게 들리던 도시의 소음이 싹 사라졌다. 마치 다른 세상으로 발을 들여놓은 것 같았다.

그래서일까?

뒤를 따라오는 사내의 발소리가 더욱 뚜렷하게 들렸다.

뚜벅.

뚜벅.

뚜벅.

구두 뒤축이 땅에 닿는 소리가 귀에 거슬렸다.

진짜 짜증 나네.

"안 되겠습니다. 제가 남자 친구인 척 따끔하게 한마디를 하겠습니다."

"뭐라고 하시게요?"

여자가 화들짝 놀라며 물었다.

"더 이상 따라오면 경찰 부르겠다고 해야죠. 그쪽 분 집 근처에서 어슬렁거리면 그건 그것대로 또 문제지 않습니까."

"순순히 말을 들을까요?"

"안 들으면 힘으로 해결해야죠."

남자는 자신만만하게 말했다. 사실 남자는 방금 전 뒤를 돌아보면서 확인했다. 사내가 점퍼의 지퍼를 열었는데 그 안쪽에는 아무것도 없었다.

즉, 사내는 빈손인 것이다.

그렇다면 무서워할 필요가 전혀 없었다.

"그럼 제발 잘 좀 말해 주세요."

여자가 새삼 부탁했다.

"알겠습니다."

남자는 걸음을 멈추고 뒤를 돌아봤다. 사내가 그런 남자를 보고 흠칫 놀라며 멈춰 섰다.

"어이."

남자가 사내를 불렀다.

"왜 계속 따라오는 겁니까?"

"뭐, 뭘요."

사내는 완전히 쪼그라든 목소리로 더듬거렸다. 남자는 자신감이 붙었다. 이미 이기고 들어간 것이나 다름없었다.

남자는 사내 쪽으로 다가갔다.

"아까 지하철에서부터 계속 따라왔잖아. 안 그래?"

"누, 누가 따라간다고 그럽니까? 전 방향이 같아서 이 길로……."

"이 양반이 보자 보자 하니까."

남자가 사내의 멱살을 잡았다.

그 순간 사내가 남자의 손을 뿌리치고 여자를 향해 달려 올라가기 시작했다.

"아아!"

여자가 나지막이 비명을 질렀다.

"저 새끼가!"

남자는 사내의 뒤를 쫓았다.

"거기 안 서?"

사내는 숨을 몰아쉬며 꼴사납게 도망치기 시작했다.

바보 같은 새끼……

남자는 사내를 잡아서 여자 앞에 무릎을 꿇리리라 다짐했다.
그 정도는 해야 자신도 분이 풀리고 여자 앞에서 자존심도 살
것 같았다.

"꼭 잡아 주세요!"

여자가 남자에게 말했다.

"걱정 마세요."

남자는 고개를 끄덕인 후 성큼성큼 사내를 따라잡았다.

"난 아무 짓도 안 했어. 이 개자식아!"

사내가 뒤를 돌아보며 소리쳤다.

"뭐? 개자식!"

욕까지 들은 이상 그냥 참고 넘길 수는 없었다. 경찰서에 가
는 한이 있더라도 몇 대 쥐어박을 생각이었다.

사내는 오르막길 중간에서 머뭇거렸다. 그곳은 좁은 도로였

다. 오르막길은 거기서 다시 위로 이어졌다.

"거기 서!"

남자가 소리쳤다.

멈칫했던 사내는 남자를 향해 빙글 몸을 돌렸다.

어라? 지금 해보자는 거야?

남자는 순간 당황했지만 그대로 달려 올라갔다.

"도망가면 못 잡을 줄 알았어?"

남자는 사내의 점퍼 자락을 잡아챘다.

사내가 당황한 표정으로 주위를 두리번거렸다.

"이리 와!"

남자가 사내를 끌어당겼다. 하지만 사내는 의외로 힘이 셌다. 단번에 끌려오지 않았다.

어쭈?

남자는 온 힘을 다해 사내를 잡아끌었다. 사내가 훌쩍 뛰어오른다 싶더니 무릎으로 남자의 명치를 때렸다.

"윽!"

남자는 불시의 공격에 상체를 푹 숙였다. 숨을 쉴 수 없을 정도로 고통스러웠다.

"크크. 걸렸다."

사내가 여유롭게 웃으며 알아들을 수 없는 말을 했다.

그때였다.

부릉.

자동차 시동 소리가 들린다 싶더니 어둠 속에서 전조등이 켜졌다. 남자는 눈이 부셔서 앞을 볼 수 없었다.

"뭐, 뭐야?"

남자가 더듬거리며 말했다.

"시끄러워!"

사내가 남자의 목을 잡고 조르기 시작했다. 무시무시한 힘이었다.

"크윽."

남자는 발버둥 쳤지만 벗어날 수 없었다. 검은색 스타렉스 한 대가 두 사람에게로 달려왔다. 남자는 아래쪽에서 걸어오는 여자를 발견했다.

"시, 신고를……."

남자가 간신히 그렇게 말했지만 여자는 픽, 하고 웃을 뿐이었다.

그 순간 남자는 깨달았다.

자신이 함정에 빠졌다는 사실을.

남자 바로 옆에 정차한 스타렉스의 문이 열리며 두 쌍의 손이 어둠 속에서 튀어나왔다. 손은 남자의 몸을 끌어당겨 억지로 차에 태웠다.

"아, 안 돼……."

소리를 지르려고 했지만 사내가 남자의 입을 틀어막았다.

"읍! 읍!"

남자의 얼굴과 몸 위로 주먹이 무자비하게 날아들었다.

퍽!

무거운 무언가가 남자의 머리를 때렸다.

남자의 의식이 점점 멀어졌다.

"건장한 놈으로 잘 골랐네."

"이 정도면 꽤 받겠는걸?"

사람들의 말소리가 들렸다.

쾅!

스타렉스의 문이 닫히는 소리를 들으며 남자는 정신을 잃었다.

그 후 남자를 본 이는 아무도 없었다.

물론 진실은 알 수가 없다.

구
제

옷

누군가에게 들은 이야기다.

승수가 토요일 낮에 동묘시장을 찾은 것은 순전히 우연이었
다. 그날 승수는 동대문에서 약속이 있었다. 친구 한 놈과 오랜
만에 만나 점심을 먹기로 한 것이다. 하지만 약속 시간이 거의
다 돼서 친구가 연락해 왔다.

"미안해. 나 독감이야. 진짜 미안하다. 죽을 것 같아서 오늘
도저히 못 나가겠다."

잔뜩 쉰 친구 목소리를 듣고는 차마 뭐라고 할 수 없었다. 이
미 동대문에 도착해 기다리고 있던 승수였지만 알겠다고 말하
며 전화를 끊었다.

"휴……. 이제 뭘 하지?"

승수는 한숨을 쉬었다. 아직 대낮인데 집으로 들어가기는 싫었다. 그렇다고 컴컴한 PC방에 처박히고 싶지도 않았다.

동대문 쪽은 외국인 관광객이 워낙 많아 정신이 없었다. 결국 승수는 조금 걷기로 했다. 다행히 날씨가 좋아 걸을 만했다.

승수는 인파를 피해 골목 안으로 들어갔다. 그렇게 얼마쯤 걸었을까, 문득 정신을 차리고 보니 구제 옷을 잔뜩 늘어놓고 파는 동묘시장이었다.

"오! 여기가 말로만 듣던 동묘시장이군."

동대문과 동묘가 가깝다는 이야기만 들었지 실제로 이렇게 지척에 있는 줄은 몰랐다. 동묘시장은 사람들로 북적거렸다.

특히 구제 옷을 사려는 사람들이 잔뜩 몰려 있었다. 승수는 구제 패션에는 딱히 관심이 없었다. 하지만 이왕 나온 김에 한번 둘러보는 것도 나쁘지 않을 것 같았다.

그렇게 생각한 승수는 사람들 사이로 기웃거리며 옷을 구경했다.

정말로 각양각색의 옷들이 잔뜩 널려 있었다.

군복부터 운동복, 정장, 청바지, 그리고 각종 메이커 상품들까지…….

없는 옷을 찾는 게 더 빠를 정도였다.

게다가 상태도 제법 양호했다.

"자, 자. 둘러보세요. 비닐봉지 하나 가득 담아서 오천 원입니다."

도저히 믿을 수 없는 가격이었다. 사람들은 너도 나도 몰려들어 봉지에 옷을 주워 담기에 바빴다.

승수는 이곳저곳을 둘러보며 계속해서 구경을 했다. 계속 보다 보니 구제 옷의 매력을 알 것만 같았다.

그러다가 동묘시장 안쪽의 후미진 곳에 위치한 좌판에서 마음에 드는 옷들을 발견했다.

그 가게는 이상할 정도로 사람이 없었다. 아마도 구석에 숨어 있어서 그런 것 같았다.

승수는 제일 먼저 눈에 들어온 청바지를 집어 들었다. 워싱이 아주 잘된 청바지였다. 주름도 예쁘게 잡혀 있었다.

"천천히 구경해 봐요."

주인은 사람 좋아 보이는 미소를 지으며 말했다.

"네."

승수는 일단 청바지를 손에 쥔 뒤 재킷 하나도 집어 들었다. 여러모로 활용도가 높아 보이는 남색 재킷이었다.

'누가 이렇게 멀쩡한 옷들을 버리는 걸까?'

승수는 문득 그게 궁금했다.

"저…… 아저씨. 이런 옷들은 어떻게 들어오는 거예요?"

승수는 궁금해 하던 걸 물었다.

그러자 이상하게도 주인의 표정이 싹 달라졌다.

"아니, 그런 걸 왜 물어?"

"그냥 궁금해서……."

"그런 것도 모르고 구제 옷 사러 왔어?"

"처음이에요."

"이런 옷들 다 누가 버리거나 안 입는 것들 가져온 거야. 아무 문제 없는 거니까 걱정 말라고."

주인의 말투가 거칠어졌다.

"네. 알겠습니다."

승수는 괜스레 눈치가 보여 조용히 말했다.

"그거 살 거야, 말 거야?"

주인이 물었다.

"네?"

"들고 있는 옷, 살 거냐고?"

승수는 기분이 확 상했지만 이 상황에서 안 산다고 할 수는 없었다.

"살 거예요. 이 청바지 얼만가요?"

"천 원만 주고 가져가."

"네?"

"아니 젊은 사람이 왜 말귀를 못 알아들어? 천 원이라고, 천 원!"

승수는 믿을 수 없이 싼 가격에 청바지와 주인을 번갈아 바라봤다. 이 정도라면 불친절해도 계속 사게 될 것 같았다. 승수는 재킷을 얼른 내려놓은 뒤 주인에게 천 원을 건넸다.

"감사합니다!"

승수는 주인에게 인사를 하고 돌아섰다.

예쁜 색감의 청바지를 손에 꼭 쥐고서.

그날 저녁, 자신의 자취방으로 돌아온 승수는 청바지를 입어 봤다. 사이즈가 기가 막히게 잘 맞았다. 밑단은 살짝 한 번만 접어 올리면 될 정도였고 무엇보다도 허리가 편했다. 마치 승수를 위해 만든 옷 같았다.

기분이 좋아진 승수는 청바지를 벗어 옷걸이에 걸어 두었다. 당장 내일 입고 나갈 생각이었다.

밤이 되어 승수는 잠자리에 들었다. 평소 승수는 베개에 머리만 대면 잠이 드는 건강한 체질이었다. 그런데 이상하게도 그날 밤에는 잠이 쉽게 오지 않았다.

꽤 오랫동안 뒤척이던 승수는 간신히 잠에 빠져들었다.

시간이 흘렀다.

자고 있던 승수의 귓가에 이상한 소리가 들렸다.

저벅. 저벅. 저벅.

그것은 발소리였다.

'뭐지? 이 밤에 누구 발소리야?'

승수는 잠결에도 이상하다는 생각을 했다. 승수의 자취방은 복도 맨 끝에 있었다. 평소에도 복도를 오가는 사람들의 발소리나 두런거리는 말소리가 들릴 때가 많았다.

하지만 이 소리는 어딘지 달랐다.

분명한 목적을 가진 발소리 같았다.

그리고…… 너무 선명하게 들렸다.

저벅. 저벅. 저벅.

그 발소리가 점점 다가왔다. 승수는 눈을 뜨고 일어나려 했다. 그래야 할 것 같았다. 하지만 눈꺼풀이 너무 무거웠다. 온몸이 마비라도 된 것처럼 손가락 하나 움직일 수가 없었다.

저벅. 저벅. 저벅.

뚝!

계속해서 들리던 발소리가 승수의 집 앞에서 멈췄다.

'안 돼! 일어나야 해.'

승수는 안간힘을 써서 몸을 움직였다.

간신히 눈꺼풀을 밀어 올리자, 바로 눈앞에 남자 하나가 허연 얼굴을 들이밀고 있었다.

"으악!"

승수는 비명을 지르며 깨어났다.

"헉. 헉."

악몽에서 깬 후에도 한동안 정신을 차리지 못했다. 승수는 가위에 눌려본 적이 한 번도 없었다. 이 정도의 악몽을 꾼 적도 없었다.

승수 위에 앉아서 얼굴을 들이밀고 있던 그 남자의 표정이 생생했다. 남자는 엄청나게 화를 내고 있었다. 게다가 남자는 온몸이 피투성이였다.

"도대체 뭐야."

한참 후, 승수는 한숨처럼 그 한마디를 내뱉었다.

어두컴컴한 방 안 침대 위에 덩그러니 앉아 있던 승수는 주위를 둘러봤다.

설마 진짜로 그 남자가 방 안에 있는 건 아니겠지?

다행히 아무도 없었다. 승수는 가슴을 쓸어내렸다.

그때였다.

자기도 모르게 옷걸이로 시선이 향했다. 새로 산 구제 청바지가 걸려 있었다. 청바지는 묘하게 부피감이 있었다. 마치 누군가가 입고 있기라도 한 것처럼……

"으으."

승수는 신음을 흘리며 천천히 일어났다. 그대로 벽을 더듬어 전등 스위치를 눌렀다.

팟!

불이 켜졌다.

청바지는 아무 이상이 없었다. 승수가 걸어 놓은 그대로였다.

"잘못 본 건가?"

승수는 그렇게 중얼거리면서도 찜찜한 마음을 감추지 못해 청바지를 바닥에 내려놓았다.

그날 밤 내내 승수는 편히 잠들지 못하고 뜬눈으로 보냈다. 다음 날인 일요일 아침이 되었지만 승수는 침대에서 일어나지 못했다.

온몸이 너무 아팠다. 마치 두들겨 맞기라도 한 것처럼 쿡쿡 쑤셨다. 머리도 깨질 듯 아팠고 나른하기도 했다.

'어젯밤에 잠을 잘 못 자서 몸살이 온 건가? 아니면 독감일까?'

승수는 이불을 덮고 누워서 그런 생각들을 했다. 약속이 있었지만 이 상태라면 나가는 게 불가능할 것 같았다. 승수는 친구들에게 몸이 아프다고 말한 뒤 다시 눈을 감았다.

승수는 그렇게 또 설핏 잠이 들었다.

저벅. 저벅. 저벅.

어김없이 그 소리가 들려왔다.

"으으으."

승수는 신음을 흘리며 몸을 뒤척였다.

저벅. 저벅. 저벅.

발소리가 어디를 향하고 있는지는 분명했다. 승수의 집. 발소리의 주인인 남자는 무언가를 찾아 승수의 집으로 향하고 있었다.

저벅. 저벅. 저벅.

안 돼!

그 남자가 오기 전에 깨어나야 해!

승수는 악몽 속에서 그렇게 외쳤지만 아무런 소용이 없었다. 몸은 점점 더 무거워졌다.

갑자기 승수의 시야가 밝아졌다. 하지만 여전히 몸은 움직일 수 없었다. 그 상태에서 승수는 문을 열고 남자가 들어오는 것을 똑똑히 지켜봤다.

허연 얼굴의 피투성이 남자.

남자는 비틀거리며 승수의 방 안으로 들어와 이리저리 두리번거렸다.

"어디 있어?"

남자가 그렇게 말했다.

"어디 있어?"

남자의 목소리에는 분노와 증오가 가득 담겨 있었다.

승수는 숨고 싶었지만 그럴 수 없었다.

남자가 고개를 돌리다가 승수 쪽을 바라봤다.

저벅. 저벅. 저벅.

남자가 한 걸음을 내디딜 때마다 피에 젖은 발에서 그런 소리가 났다. 남자는 천천히 승수 위로 올라왔다. 그러고는 승수를 무섭게 노려봤다.

"어디 있어?"

남자가 물었다. 차디찬 입김이 승수의 얼굴에 닿았다.

"어디 있어?"

남자가 또 한 번 물었다.

도대체 무얼 찾고 있는지 알 수가 없었다.

"어디 있어?"

남자가 버럭 소리를 질렀다.

그 순간 승수는 깨달았다.

청바지!

남자는 청바지의 주인이었다. 승수는 온 힘을 다해 팔을 움직여 바닥을 가리켰다. 남자의 고개가 돌아갔다. 남자는 바닥에 떨어진 청바지를 바라봤다.

스스슥!

남자가 마치 네 발 달린 곤충처럼 재빨리 기어서 청바지를 향해 다가갔다. 남자는 청바지를 잡고서 승수를 돌아봤다.

"내 거야!"

남자가 소리를 질렀다.

승수는 그대로 정신을 잃었다. 승수는 한참 후에 깨어났다. 여전히 몸이 아팠다. 온몸은 땀으로 흠뻑 젖었고 고열이 났다.

"끄응."

승수는 신음을 흘리며 몸을 일으켰다.

청바지가 보였다. 누군가가 가지고 나가려고 했던 것처럼 현관 쪽에 떨어져 있었다.

누군가…….

그 누군가가 피투성이 남자라는 사실은 분명했다. 승수는 거의 기다시피해서 침대에서 내려왔다. 조금만 움직여도 근육이 뒤틀릴 것 같았다. 승수는 청바지를 집어 올려서 자세히 살펴봤다.

워싱이라고 생각했던 부분은 잘 보니 얼룩이었다. 얼룩이 묻은 부분만 색깔이 진했다.

"역시 그랬어."

승수는 청바지를 화장실로 가지고 들어갔다. 세면대에 뜨거운 물을 틀고는 청바지의 얼룩 부분을 가져다 댔다.

검붉은 색이 묻어났다. 그 얼룩의 정체가 무언지는 분명했다.

"히익."

그 사실을 깨달은 승수는 화장실 바닥에 그대로 주저앉았다. 물에 담긴 청바지는 여전히 붉은색 피를 쏟아 내고 있었다.

승수는 잠시 망설이다가 청바지를 들고 밖으로 나갔다. 집 앞에는 헌옷 수거함이 있었다. 승수는 그 안에다가 청바지를 집어넣었다.

집으로 돌아온 승수는 다시 침대에 누웠다. 청바지의 원래 주인이 누구인지는 중요하지 않았다. 그 피투성이 남자가 어떤 사연을 가졌는지도 중요하지 않았다. 승수에게 중요한 건 청바지를 버렸다는 사실이었다.

승수는 와들와들 떨며 침대에 누워 있었다.

승수가 청바지를 버린 후 다행히 그 남자가 더 이상 찾아오지 않았다.

승수는 그 후로 다시는 구제 옷을 사지 않았다.

그 옷들의 전 주인이 어떤 사연으로 옷을 내놓게 됐는지를 생각하면, 승수는 아찔한 생각이 들었다.

물론 진실은 알 수가 없다.

초인종

누군가에게 들은 이야기다.

며칠 전에 이사를 했어. 이 이야긴 그 전에 살던 집에서 겪은 일이야. 내가 왜 이사를 할 수밖에 없었는지, 이야기를 들으면 이해할 거야.

내가 살던 집은 방 두 개짜리 오래된 아파트였어. 낡은 집이긴 했지만 혼자 사는 데는 아무런 문제도 없었지. 전세 가격이 주변 시세보다 싸기도 했고 직장하고도 가까워서 나는 나름 만족하며 살고 있었어.

그 일이 벌어지기 전까지는 말이야.

어느 날 밤이었어.

딩동!

자고 있는데 초인종 소리가 들리는 거야. 나는 잠귀가 좀 밝은 편이거든. 초인종 소리를 듣고는 대번에 일어났지. 반사적으로 시계를 확인하니 자정이 거의 다 된 시각이었어.

이 시간에 누굴까 생각하면서 침대에 앉아 있었어.

왜 가끔 그런 일도 있잖아. 술 취한 옆집 사람이 착각해서 초인종을 잘못 누르는 일. 그런 게 아닐까 싶었거든. 과연 초인종 소리는 더 이상 들리지 않았어. 나는 괜히 일어났다고 혼자서 투덜거리며 다시 침대에 누웠지.

그날 밤은 그걸로 끝이었어. 다음 날 아침에 출근하려고 현관문을 열었는데 이상한 게 보였어.

현관문 바로 앞에 축축하게 젖은 자국이 있었던 거야.

"이게 뭐지?"

나는 그 자국을 발로 문질러 봤어.

끈적끈적하더라. 그냥 물은 아니었던 거지. 물이라고 해도 이상한 건 마찬가지였겠지만.

찜찜한 마음을 추스르고 출근이 급했기에 일단은 그냥 나왔어.

나중에 집으로 돌아왔을 때는 그게 뭔지는 몰라도 하여튼 다 말라 있었어. 나는 그런 쪽에는 또 은근히 무심해서 말랐으면 된 거라 생각하고 까맣게 잊어버렸어.

그렇게 며칠이 지났지.

밤이 되었는데 또다시 초인종이 울렸어.

딩동!

그때는 자고 있지 않았어. 게임을 하고 있었거든. 나는 헤드셋을 벗고 가만히 귀를 기울였어. 컴퓨터 시계는 자정 조금 전을 표시하고 있었어. 밤 11시 50분쯤 되었을 거야, 아마.

또 한참을 기다렸지만 초인종이 다시 울리는 일은 없었어. 그렇지만 이상하다는 생각이 들었어. 술 취한 사람이 두 번 연속으로, 그것도 며칠 사이에 집을 착각했다는 것도 이상한 일이잖아.

게다가 한 번만 누르다니. 보통 이런 경우엔 연속으로 몇 번 누르게 되어 있는 거잖아.

나는 현관으로 다가갔어.

누구인지 물어봐야 하나?

그런 고민을 하면서 말이야.

현관은 물론이고 문 너머까지 아주 고요했어. 무슨 소리가 들렸다거나 인기척이 느껴졌다면 분명 나도 물어봤을 거야.

누구냐고.

하지만 그런 게 없었기에 다시 방으로 돌아왔지. 그러고 계속 게임을 하다 보니 초인종 일은 까맣게 잊어버렸어.

나는 잠자리에 들었고 다음 날 아침에야 깨어났어.

평소처럼 출근 준비를 하고 현관문을 열었는데……

그게 또 있었어. 그 자국 말이야. 물, 아니 끈적끈적한 액체가 떨어져 있는 자국. 이번에는 그냥 넘어갈 수가 없었지. 두 번이나 같은 일이 벌어졌으니까.

나는 핸드폰으로 그 자국을 찍었어. 그러고는 다시 출근했지만 회사에 있는 동안에도 머릿속에는 초인종과 자국 생각밖에 없었지.

내가 첫 번째로 그렸던 이미지는 그거였어.

누군가가 초인종을 누른 채 현관문 앞에 서 있었던 거야. 그러면 액체는 어떻게 설명할까? 그 초인종을 누른 사람이 만약 술에 취했다면 거기서 오줌을 싼 게 아닐까?

그 정도가 내 상식선에서 할 수 있는 가장 무난한 상상이었어. 나는 다음번에도 초인종이 울린다면 꼭 누구인지 물어봐야 겠다고 생각했지.

집으로 돌아오자 역시 그 액체는 말라 있었어. 혹시 몰라 냄새를 맡아 봤지만 지린내는 나지 않았어. 대신에 비릿한 냄새가 풍겼지.

또 며칠이 흘렀어. 무난하고 평범한 며칠이었지.

사람은, 아니 나는 참 둔감한 동물인지 그 며칠 사이에 초인종과 액체에 대한 건 까맣게 잊고 있었지 뭐야.

아무튼 그날 밤에는 자고 있었어. 꿈자리가 뒤숭숭했지. 무슨 꿈인지는 정확히 기억이 안 나는데 난 뭔가에 쫓기고 있었어.

거대한 달팽이라고 할까?

그때 소리가 들린 거야. 바로 그 소리, 초인종 울리는 소리가.

딩동!

나는 벌떡 일어났지. 이번에야말로 비밀을 밝혀낼 순간이다 싶었어. 나는 그대로 현관으로 달려가서 물었어.

참! 미리 말하지만 그때의 집은 낡은 복도식 아파트라 인터폰이 없었어. 하여간 난 현관문에 대고 물었지.

"누구세요?"

대답이 없었어. 초인종이 울리고 내가 현관문까지 가는 데는 몇 초밖에 지나지 않았어. 그게 누구이건 아직도 현관문 앞에 있다는 건 확실했어.

"누구시죠?"

다시 한 번 물었어.

이번에도 대답이 없었어. 나는 약간 목소리를 높여서 거칠게 말했지.

"아무리 술을 마셨다고 해도 이 밤에 남의 집 초인종을 누르면 안 되죠! 조용히 돌아가세요."

나는 특히 '조용히'에 힘을 줬어. 오줌 같은 건 싸지 말라는 뜻이었어. 대답도 없고 인기척도 없더라고.

'그냥 간 건가?'

나는 고개를 갸우뚱하며 몸을 돌려 다시 방으로 들어가려

했지.

그런데 그때…….

딩동!

또 초인종이 울린 거야. 이번에야말로 약간 흠칫했지. 나는 문을 열어 봐야겠다는 생각으로 손잡이를 잡았어.

그런데 그 순간 열면 안 된다는 외침 같은 게 마음속 깊은 곳에서 들리는 거야. 왜 본능적인 두려움 같은 거 있잖아.

재빨리 손잡이를 놓았어.

"누, 누구시냐고요?"

여전히 대답은 없었어.

이제 내가 할 수 있는 거라곤 무시하거나 도어스코프로 살펴보는 것, 둘뿐이었어. 몇 번 말하는 거지만 워낙에 낡은 아파트라 복도에 불이 안 들어오는 건 일상적인 일이었어. 즉, 도어스코프로 살펴봐도 어두컴컴해서 볼 게 없다는 뜻이었어.

그래도 그냥 가만히 있을 순 없었지. 나는 살며시 현관문으로 다가가 도어스코프에 한쪽 눈을 댔어.

역시 아무것도 보이지 않았어.

검은색 어둠이 꿈틀거릴 뿐이었지.

꿈틀?

이상하다고 생각한 순간 짙고 동그란 무언가가 깜박하고 나타났다가 사라졌어. 나는 그게 무언지 깨닫고는 정말이지 깜짝 놀라 튕기듯 현관문에서 멀어졌어.

그건…… 눈알이었어.

문 너머의 그 사람이 도어스코프에 자기 눈알을 바짝 대고 있던 거였지.

심장이 크게 뛰기 시작했어. 미칠 것 같은 공포가 몰려왔지.

'누구야? 도대체 누구야?'

그렇게 소리치고 싶었지만, 솔직히 말하자면 소리도 나오지 않았어. 나는 현관문이 단단히 잠겨 있는 걸 몇 번이나 확인하고는 침대로 돌아왔어.

그날 밤은 뜬눈으로 새우고 말았어. 그리고 다음 날 문을 열었을 때는 역시나 그 자국이 선명하게 남아 있었어.

나는 그 길로 곧장 경찰에 신고했지만 순찰을 강화하겠다는 답만 들었을 뿐이야. 맥이 빠진 나는 피곤하기도 하고 지치기도 해서 회사를 일찍 마치고 집으로 돌아왔지.

머릿속은 온통 초인종 생각뿐이었어.

어떻게 하면 좋을까…….

그러다가 한 가지 아이디어가 떠올랐어. 마침 집에는 개통이 안 된 스마트폰 한 대가 있었거든. 게다가 우리 집은 복도의 맨 끝이었고 현관문 옆에는 책장을 내어놓은 참이었어. 자정 전에 책장에 핸드폰을 올려놓고 매일 밤 녹화를 한다면 어떨까 생각하게 된 거야.

글쎄, 그때는 그 존재의 정체를 알고 싶은 마음이 더 컸던가 봐. 도대체 우리 집 현관 앞에서 뭘 하고 있는지도 알고 싶었고.

그래서 그 방법을 쓰기로 했어.

나는 밤 11시쯤에 책장에 핸드폰을 올려 두고 녹화를 눌러 놓았지. 두 시간 정도는 녹화할 수 있으니까 괜찮겠다 싶었어. 기회는 빨리 찾아왔어.

바로 그날 밤에 초인종이 울렸으니까.

딩동!

나는 당연히 깨어 있었지. 이제 신경이 극도로 예민해져서 잠을 잘 수가 없었던 거야. 초인종 소리가 들리자마자 벌떡 일어나서 현관문 쪽으로 향했어. 다시 도어스코프를 들여다볼 엄두를 내지는 못했지.

나는 핸드폰 녹화가 잘되기만을 바랄 뿐이었어. 그런 마음으로 거실 소파에 앉아 있다가 깜박 졸았나 봐.

나는 새벽이 되어서야 깨어났어. 제일 먼저 현관문을 열고 핸드폰부터 챙겼지. 현관 앞에는 역시 그 끈적이는 액체가 떨어져 있었어.

나는 소파에 앉아 핸드폰을 확인했어. 전원을 연결하고 저장된 동영상의 플레이를 눌렀지.

처음 얼마간은 텅 빈 복도만 비추고 있었어. 그러다가 11시 40분쯤 되었을 때 비로소 뭔가가 보이기 시작했어.

복도의 시작점에서부터 무언가가 꿈틀거리며 다가왔어.

꿈틀거린다.

딱 그 표현이 맞을 거야.

그 여자…….

맞아. 여자였어. 머리카락을 산발한 여자.

그 여자가 춤이라도 추듯 온몸을 꿈틀거리며 집 쪽으로 다가온 거야. 그러고는 현관문 앞에 서서 길고 긴 손가락을 편 채 초인종을 꾹 눌렀어.

여자의 머리카락은 축축하게 젖어 있었어. 머리카락만이 아니었어. 온몸이 축축했어.

초인종을 누른 여자는 한동안 현관문을 노려보다가 그 자리에서 또 꿈틀거리며 춤을 추기 시작했어.

내 빈약한 표현력으로는 그걸 춤이라고밖에 설명하지 못하겠어. 아무튼 그건 기괴하고 기분 나쁜 몸짓이었어. 머리카락이워낙 길고 산발인 상태라 얼굴은 보이지 않았지.

지금에 와서는 얼굴을 보지 않아서 다행이라고 생각해.

여자가 몸을 움직일 때마다 액체가 뚝뚝 떨어졌어. 땀인 것같기도 했어. 그게 고여서 그런 자국을 만들었던 거야.

나는 영상을 끝까지 보지 못하고 중간에 꺼 버렸어. 워낙 충격이 심해서 숨을 쉬기가 힘들 정도였지.

여자는 분명 정상이 아니었어. 도대체 무슨 이유로 남의 집 앞에서 이러는지 알 수 없었지.

나는 소파에 쓰러지듯 누웠어. 안전한 곳으로 피하고 싶다는 생각이 드는 한편 아무것도 안 하고 싶다는 무기력감이 온몸을 휘감았어.

나는 회사에도 나가지 않고 하루 종일 비몽사몽인 상태로 누워 있었어. 그러다가 다시 밤이 된 거야.

나는 밥도 먹지 않은 상태였어. 모든 힘이 빠져나간 것 같았지. 설마 이틀 연속으로 왔는데 또 오지는 않겠지, 하는 안일한 생각도 했던 것 같아.

그런데…….

여자는 같은 시각이 되자 어김없이 찾아왔어.

딩동!

초인종 소리가 그 어느 때보다 섬뜩하게 느껴졌지. 나는 벌떡 일어나 야구방망이를 챙겨 들었어. 여차하면 문을 열고 나가서 여자와 대면하겠다는 생각을 한 거지.

현관으로 달려가 큰 소리로 물었어.

"도대체 왜 이러는 거야?"

대답이 없었어.

"그 앞에 있다는 거 다 아니까 대답을 해! 왜 이러는 거야?"

나는 야구방망이를 고쳐 쥐었어.

"경찰을 부르겠어! 알겠어? 경찰을 부르겠다고!"

나는 아예 고함을 질렀지.

그러고는 문손잡이를 잡았어. 걸쇠는 이미 풀었지.

"내가 문을 열고 나가면 죽을 줄 알아!"

일부러 더 거칠게 말한 건 두려움을 떨쳐 버리기 위해서였어.

나는 문을 열려고 했어.

그런데 그 순간……

딩동! 딩동! 딩동! 딩동! 딩동! 딩동! 딩동! 딩동! 딩동! 딩동! 딩동! 딩동! 딩동! 딩동! 딩동! 딩동! 딩동!

초인종이 쉴 새 없이 울렸어.

"으아아!"

나는 비명을 지르며 엉덩방아를 찧었어. 그야말로 공포에 질렸지. 비명을 지르고서야 현관문의 자물쇠를 열었다는 게 생각났지.

나는 튕기듯 일어나서 걸쇠부터 채웠어.

동시에 문이 열렸어. 딱 걸쇠의 길이만큼 문이 열린 거야. 그 사이로 여자가 산발한 긴 머리를 들이밀려고 했어.

머리에서 액체가 뚝뚝 떨어졌어. 여자는 그 좁은 틈을 비집고 들어오려고 했지.

겁에 질린 나는 야구방망이를 쓸 생각도 하지 못하고 엉덩이 걸음으로 도망쳐 곧바로 핸드폰을 집어 들었어. 그러고는 신고를 했지.

"여보세요? 경찰이죠? 여기 이상한 사람이 집에 들어오려고 해요."

그렇게 신고를 하며 현관 쪽을 보니 여자는 이미 사라지고 없었어. 얼마 안 있어 경찰이 왔어. 나는 자초지종을 설명하면서 경찰에게 녹화한 영상도 보여 줬지.

경찰들의 인상이 대번에 달라졌어. 경찰들은 잠시 집을 떠나 있는 게 좋겠다고 말했어. 나도 같은 생각이었지. 나는 그 길로 모텔 방을 잡고 집을 내놓았어. 나중에 이사하는 날을 빼고는 그 집에 가질 않았지.

나는 아직도 그 여자의 정체를 몰라.

그 여자의 몸에서 흘러내리던 그 끈적끈적한 액체가 뭔지도 모르고.

이사한 지금은 마음 편히 지내고 있어. 다시 초인종 소리가 들리지 않길 바라면서 말이야.

세상에는 참 이상하고 미친 사람들이 많아.

안 그래?

딩동!

물론 진실은 알 수가 없다.

죽음의 노래

누군가에게 들은 이야기다.

그 노래를 듣는 사람은 모두 죽는다.

인디 쪽 사람들 사이에서 언젠가부터 그런 소문이 돌았다. 창규도 그 이야기를 들었다. 같은 밴드의 드러머 재철이 이야기를 전해 줬다.

"이번에 승호 형 친구 중에 자살한 사람 있잖아. 그 사람도 같은 노래를 들었나 봐. 사람들이 하도 연락이 안 되니까 그 사람 집에 찾아갔는데 화장실에서 목을 맸더래. 그런데 거실 스피커에선 그 노래가 계속 흘러나왔다는 거야."

"정말이야?"

"정말이지, 그럼. 누가 사람 죽은 거 가지고 거짓말을 하냐?"

"우연의 일치일 수도 있잖아."

"야, 지금까지 네 명이야, 네 명. 이 좁은 인디 바닥에서 같은 노래를 들은 사람이 네 명이나 죽었다고. 그게 어딜 봐서 우연 이야?"

"그럼 뭐, 진짜 저주의 노래라도 된다는 거야?"

"그건 나도 모르지. 왜 옛날에 글루미 선데이 사건도 있었잖 아. 그런 거하고 같지 않을까? 노래가 너무 우울해서 자살 충동 같은 게 생기는 거지."

"네 건 중 둘은 사고사였다며?"

"하긴 그러네. 아무튼 지금 이 바닥에서 제일 핫한 이야기가 바로 그거야. 어휴, 생각만 해도 끔찍하다야."

"그래서 넌 들어 봤어?"

창규가 물었다.

"미쳤냐? 내가 그 노랠 왜 들어봐?"

"어휴. 겁쟁이."

"겁쟁이? 그러는 넌 들어볼 용기가 있어?"

재철이 발끈하며 맞받아쳤다.

"나야 기회가 되면 들어 보지, 뭐. 그게 뭐 별거라고. 다 미신 이야, 미신. 괴담이라고!"

"좋아. 너 분명 듣는다고 했다? 내가 구해 올게. 로미의 '새벽

3시 반' 내가 구해 온다고!"

재철은 그렇게 말하며 연습실을 나갔다.

훗.

창규는 혼자서 조용히 웃었다. 아무리 큰소리를 친다 해도 겁 많은 재철이 그 노래를 찾아 오진 않을 것이다.

로미가 부른 '새벽 3시 반.'

로미는 인디계에 혜성처럼 나타난 천재 보컬이었다. 아름다운 외모에 가창력도 좋았는데, 무엇보다 음색이 일품이었다. 몽환적이면서도 쓸쓸한 분위기를 품고 있는 로미의 음색은 인디쪽 노래들과 기가 막히게 잘 맞았다.

로미의 노래를 들어 본 전문가들은 하나같이 극찬을 아끼지 않았다. 조만간 인디를 넘어 큰 성공을 거두리라고 장담하는 사람도 많았다.

그런 로미가 죽었다. 집에서 강도에게 살해당했다.

갑자기 날아든 비보에 로미를 사랑하고 큰 기대를 걸었던 사람들은 충격을 받았다. 그 후 인디 쪽에서는 로미의 죽음에 얽힌 여러 소문이 떠돌았다.

로미가 즐겨 작업하던 스튜디오에 로미의 유령이 나타난다는 것이 대표적인 소문이었다. 그러다가 결국엔 노래 이야기까지 나온 것이다.

로미가 죽기 전 마지막으로 녹음한 노래가 바로 '새벽 3시 반'이었다. 처음에는 음원이 정식으로 출시된 게 아니라 관계자 몇 명만 그 노래를 들었다. 역시 찬사가 쏟아졌고 엄청난 명곡이라는 소문이 돌았다.

그런데 그 관계자 중 두 명이 죽은 것이다. 나중에 음원이 인디 쪽에 돌면서 본격적으로 소문이 퍼져 나갔다.

'새벽 3시 반'은 죽음의 노래고, 그걸 듣는 사람은 자살을 하거나 사고를 당한다고…….

'다들 그런 헛소문이나 믿고 말이야. 한심해서 원…….'

창규는 속으로 혀를 찼다. 그렇다고 전혀 신경이 쓰이지 않는 건 아니었다.

'새벽 3시 반'은 로미가 자랑하던 노래였다. 노래가 워낙 좋다고 대박이 날지도 모른다고 말하며 웃던 로미의 얼굴이 눈앞에 생생하게 떠올랐다.

"로미……."

창규는 자기도 모르게 중얼거렸다.

로미는 남자들 사이에서 여신이었다. 꼭 눈부신 외모가 아니더라도 그 독특하고 분위기 있는 음색에 반한 남자가 한둘이 아니었다.

창규도 그런 사람 중 한 명이었다.

다행이었을까, 아니면 불행이었을까?

창규의 밴드와 로미는 같이 작업을 한 적이 있었다. 그걸 계기로 창규는 로미와 조금 친해졌다. 로미는 알면 알수록 더욱 매력적인 여자였다.

창규는 로미에게 엄청난 속도로 빠져들었다. 로미 역시 창규에게 마음이 있는 것 같았다. 하지만 창규는 자신의 진심을 표현하지 못했다. 창규에게 로미는 너무 과분한 존재였다.

인기 없는 밴드의 보컬인 창규와 미래가 창창한 매력적인 가수 로미는 어울리려야 어울릴 수 없는 사이였다.

"나는 그런 괴담 안 믿어."

창규는 애써 마음을 다잡으며 악보를 들여다봤다.

하지만 머릿속에서는 계속 그 멜로디와 가사가 맴돌았다.

모두가 잠든 새벽 3시 반…….

나만 홀로 깨어 있는 새벽 3시 반.

우울과 상념이 몰려오는 새벽 3시 반…….

로미는 정말로 쓸쓸한 표정으로 그 노래를 흥얼거렸다.

그 모습이 너무나 아름다워서…….

디링!

노트북에 메일이 도착했다는 메시지가 떴다.

"메일?"

창규는 보고 있던 악보를 밀쳐놓고 메일을 확인했다.

"뭐, 뭐야?"

메일 제목이 제일 먼저 눈에 들어왔다.

새벽 3시 반.

보낸 이는 '알 수 없음'이라고만 표시되었다.

"알 수 없는 사람이 보낸 메일이라고?"

혹시 열기만 해도 악성 코드가 깔리는 스팸 메일이 아닐까 걱정되기도 했지만 제목이 눈길을 끌었다.

창규는 마른침을 삼키며 메일을 클릭했다. 내용은 없었다. 첨부 파일 하나만 들어 있을 뿐이었다. 첨부 파일의 제목 역시 똑같았다.

새벽 3시 반.mp3

"아!"

창규는 첨부 파일을 보고서야 무슨 일인지 알 것 같았다. 메일은 재철이 보낸 것이다. 딴에는 공포 분위기를 조성한다고 제법 공을 들인 것 같았다. 하마터면 창규도 속아 넘어갈 뻔했다.

"어휴. 싱겁긴."

창규는 그렇게 중얼거리며 인터넷 창을 닫으려고 했다. 그런데 첨부 파일에 자꾸만 눈길이 갔다.

'저게 정말로 새벽 3시 반 음원이라면?'

갑자기 궁금증이 확 일었다. 창규 역시 '새벽 3시 반'을 끝까지 들은 적은 없었다. 그저 로미가 흥얼거리는 걸 들었을 뿐이었다.

창규는 첨부 파일을 다운로드받았다. 심장이 두근거렸다. 흔하디흔한 괴담이라는 걸 알면서도 괜스레 신경이 쓰였다. 창규 입장에서는 더욱 그럴 수밖에 없었다.

바탕 화면에 '새벽 3시 반' 파일이 생성됐다.

그걸 확인한 창규는 숨을 한 번 가다듬은 후 파일을 더블클릭했다. 노래가 흘러나왔다. 분명 로미의 목소리였다.

모두가 잠든 새벽 3시 반……

나만 홀로 깨어 있는 새벽 3시 반.

우울과 상념이 몰려오는 새벽 3시 반……

로미의 목소리는 여전히 아름다웠다. 달콤하고 부드러우면서도 처연한 슬픔이 묻어 있었다.

"맞아. 이게 로미지."

창규는 중얼거렸다.

자신이 그토록 사랑했던 로미의 목소리.

로미는…… 비명 소리마저 아름다웠다.

창규는 그때를 떠올렸다.

로미의 집으로 찾아갔던 그때를.

꼭 상의해야 할 일이 있다며 창규가 무작정 로미의 집을 찾았을 때는 이미 새벽이었다. 로미는 창규를 믿고 문을 열어 주었다.

"저도 녹음 끝내고 방금 전에 들어왔어요. '새벽 3시 반'이라고, 이번에 새로 녹음한 노랜데 정말 최고예요!"

로미는 그렇게 말하며 그 노래를 흥얼거렸다. 그때의 목소리가, 그때의 로미가 너무나 아름다워 창규는 도저히 참을 수 없었다.

"로, 로미야!"

창규는 로미를 끌어안으려 했다.

"꺅!"

로미는 비명을 질렀다.

그 예쁜 목소리로.

하지만 방음 시설이 잘된 로미의 집에서 비명이 새어 나갈리 없었다.

"나, 난…… 예전부터 널 좋아하고 있었어! 그러니까…….'"

로미는 거칠게 반항했다. 이미 이성을 잃어버린 창규는 끝까지 포기하지 않았다. 창규를 뿌리치려던 로미가 균형을 잃고 넘어졌다.

쿵!

로미는 딱딱한 책상 모서리에 머리를 부딪쳤다. 그러고는 그대로 축 늘어졌다. 검붉은 피가 로미의 머리에서 울컥울컥 쏟아져 나왔다. 겁에 질린 창규는 주춤주춤 뒤로 물러섰다.

"로미야."

조용히 불러 보았지만 로미는 대답하지 않았다.

로미가 죽었다.

자신이 로미를 죽였다.

그 사실을 깨달은 것과 동시에 로미의 집에서 빠져나가야 한다는 생각이 강하게 들었다. 창규는 일부러 집을 어지럽히고 약간의 현금을 챙긴 다음 로미의 집에서 나왔다.

사건은 그렇게 벌어졌고, 그렇게 마무리되었다.

다행히 아무도 창규를 의심하지 않았다. 창규는 그 사건을 잊으려고 애썼다.

그랬는데…….

모두가 잠든 새벽 3시 반…….

나만 홀로 깨어 있는 새벽 3시 반.

우울과 상념이 몰려오는 새벽 3시 반…….

끝난 줄 알았던 노래가 또다시 반복됐다. 창규는 자기도 모르게 의자에서 일어났다. 머릿속이 멍했다.

로미의 목소리가 생생하게 들렸다. 마치 창규의 귓가에 속삭이는 것 같았다.

그러고 보니 지금도 새벽이었다.

모두가 잠든 새벽.

우울과 상념이 몰려오는 새벽.

창규는 휘적휘적 걸어 작업실 밖으로 나왔다.

그때 핸드폰이 울렸다. 창규는 멍하니 핸드폰을 받았다.

"야. 아직도 작업실이냐? 내가 '새벽 3시 반' 음원은 못 구했지만 진짜 기막힌 소식 하나 물었다."

재철이었다.

"그게 뭐냐 하면 죽은 그 네 사람 있잖아. 그 사람들이 하나같이 성폭력하고 관련이 있었대. 가수 지망생들이나 그런 사람들을 추행하고 막 그랬다나 봐. 하필이면 그런 사람들이 죽었다는 게 더 이상하지 않아? 그리고 지금 확인했는데, 그 노래 있잖아, '새벽 3시 반' 그거 누가 불법으로 다운로드 사이트에 올렸나 봐. 일반 사람들 사이에도 막 퍼지고 있대. 여보세요? 여보세요? 야. 듣고 있어?"

재철이 뭐라고 계속 떠들었지만 창규는 전화를 끊어 버렸다. 분명 작업실을 나왔는데도 노래가 계속 들렸다.

모두가 잠든 새벽 3시 반······.

나만 홀로 깨어 있는 새벽 3시 반.

우울과 상념이 몰려오는 새벽 3시 반······.

창규는 계단을 올라갔다. 1층을 지나고, 2층을 지났다. 다리가 아픈 줄도 모르고 3층을 지나고 4층을 지났다.

계속해서 올라간 창규는 5층을 지나 옥상에 다다랐다.

옥상 문을 열었다. 찬바람이 창규의 얼굴을 쓰다듬고 지나갔다.

그제야 창규는 정신이 조금 들었다.

내가 뭘 하고 있지?

여긴 어디지?

창규는 주위를 둘러봤다. 아무도 없는 옥상에 홀로 서 있었다.

"뭐야?"

창규는 잔뜩 잠긴 목소리로 중얼거렸다. 노래를 듣고 있었다는 게 생각났다.

'새벽 3시 반.'

모두가 잠든 새벽 3시 반······.

나만 홀로 깨어 있는 새벽 3시 반.

우울과 상념이 몰려오는 새벽 3시 반······.

그 노래가 다시 들렸다.

"히익!"

창규는 놀라서 고개를 돌렸다. 그 어디에도 스피커는 없었다. 하지만 그 여자가 서 있었다. 창규의 바로 뒤쪽에.

머리가 깨져 피를 철철 흘리는 로미가 눈을 희번덕이며 서 있었다.

로미는 입을 달싹였다.

그때마다 노래가 흘러나왔다.

치명적인 음색이었다. 한 번 들으면 누구나 반할 수밖에 없는 음색.

"으으!"

그러나 창규는 공포에 질려 뒤로 물러났다.

"미, 미안해."

창규가 더듬거리며 말했다. 로미는 창규를 향해 점점 다가왔다. 노랫소리가 더 커졌다. 창규는 계속 뒤로 물러났다.

턱.

발이 옥상 난간에 닿았다.

"어?"

뒤를 돌아본 창규가 다시 고개를 돌렸을 때 로미가 팔을 앞으로 뻗었다. 창규는 옥상 난간을 넘어 바닥을 향해 맹렬한 기세로 떨어져 내렸다.

최후의 순간, 창규의 머릿속에는 그 노래가 울려 퍼졌다.

모두가 잠든 새벽 3시 반…….

나만 홀로 깨어 있는 새벽 3시 반.

우울과 상념이 몰려오는 새벽 3시 반…….

"으악!"

창규는 비명을 질렀다.

로미가 옥상에서 웃고 있었다.

같은 시각, 사람들은 새벽녘에 올라온 새 노래 하나를 열심히 다운로드하고 있었다.

물론 진실은 알 수가 없다.

절대 검색해서는

안 되는 단어

누군가에게 들은 이야기다.

절대로 검색해서는 안 되는 단어가 있다.

선우는 웹 서핑을 하던 중에 우연히 그 단어를 알게 됐다. 단어를 적어 놓은 사람은 그 밑에 경고 문구를 달아 놓았다.

이 단어를 검색하면 사이트가 하나 나온다.

그 사이트에는 절대 들어가선 안 된다.

다시 한 번 말한다.

절대 그 사이트에 들어가지 마라.

들어가면 끔찍한 경험을 하게 될 것이다.

흥. 뻔한 수작이지 뭐.

선우는 코웃음을 쳤다. 이십대 후반의 백수인 선우에게 인터넷 세상은 놀이터나 다름없었다. 아주 흥미진진하면서도 짜릿한 놀이터. 지금껏 셀 수 없을 만큼 많은 사이트에 들락날락했고 그중에는 아주 위험한 곳도 많았다.

꽤 잔인한 동영상이나 사진에 심취했던 적도 있었다. 무서운 이야기라면 사족을 못 쓰는 탓에 웬만한 괴담은 줄줄 꿰고 있었다. 아무리 자극적인 자료라고 해도 선우에게는 시시하기만 했다.

그런 선우라서 절대 검색해서는 안 되는 단어니 그 밑에 붙은 경고 문구니 하는 것들이 다 우습게 보일 수밖에 없었다.

게다가 그 경고 문구마저 상투적이고 유치했다.

"뭐가 나올진 모르겠지만 한번 검색해 볼까?"

선우는 망설이지 않고 그 단어를 검색창에 친 다음 '엔터'를 눌렀다.

몇 개의 검색 결과가 떴다. 대부분은 검색어와 그다지 상관없는 것들이었다. 그런 쓰레기 자료들 사이에서 진짜배기를 찾아내는 것 또한 선우의 재주이자 노하우였다. 선우는 끈기를 가지고 검색 결과를 탐색하다가 결국 사이트 하나를 찾아냈다.

개인이 운영하는 오래된 홈페이지인 듯했다.

"이런 식의 홈페이지는 요즘 거의 없는데."

선우는 그렇게 중얼거리며 사이트에 들어갔다. 영어도 아니고 일본어도 아니고 그렇다고 프랑스어나 러시아어도 아닌 선우가 전혀 본 적이 없는 언어로 된 사이트였다.

메인 화면에 걸린 것은 덜렁 사진 한 장이었다.

하얀 드레스를 입은 여자가 저 멀리 서 있는 흑백사진이었는데, 화질이 좋지 않아서 왠지 모르게 기분 나쁜 느낌을 줬다.

"이걸 클릭하는 거겠지."

선우의 예상이 맞았다.

사진을 클릭하자 홈페이지의 진짜 모습이 나타났다.

온통 까만색 배경 화면이었다. 그 배경 위에 사진이며 동영상들이 무작위로 떠 있었고 그 밑에는 제목이 달려 있었다.

제목들 역시 알 수 없는 언어로 적혀 있어 해독이 불가능했지만 사진과 동영상은 비교적 평범했다.

어디까지나 선우가 보기에는.

대부분 끔찍하고 구역질 나는 자료들이었다. 평범한 사람이라면 사진 몇 장만 봐도 바로 나가 버렸을 것이다.

자동차에 치여서 죽어 가는 남자, 알 수 없는 무장 단체에 의해 목이 잘리는 여자, 온몸에 불이 붙어 고통스러워하는 노인 등이 사진과 동영상을 통해 생생하게 보였다.

하지만 선우에게는 그다지 특별할 게 없는 자료들이었다.

"뭐야. 이 정도는 약하잖아. 난 진짜 오싹하고 무서운 걸 원한단 말이야."

선우는 오징어다리를 질겅질겅 씹으며 중얼거렸다. 어느덧 새벽 3시였다. 늙은 부모님은 이미 잠자리에 들었고 아무도 방해할 사람은 없었다.

이럴 때일수록 마음 놓고 진짜배기 자료를 감상하고 싶은데, 오늘 찾아낸 사이트 역시 선우의 만족감을 채워 주지는 못할 듯싶었다.

"에이. 시시해."

선우는 사진과 동영상 몇 개를 더 클릭해 봤다. 비슷한 내용들이었다. 누군가가 죽어 가는 장면을 찍은 자료들. 그런데 아무리 봐도 절대 검색해서는 안 된다는 그 단어와 관계된 건 찾을 수 없었다.

한참을 뒤지던 선우는 화면 중앙에 까만색 아이콘 하나가 떠 있는 걸 발견했다. 배경 색과 같아서 발견하기가 어려웠다.

"혹시 이게 비밀의 문인가?"

그런 사이트들이 있긴 했다. 단속에 대비해서 진짜 센 자료들은 따로 숨겨 놓는 사이트들.

선우는 기대감을 가지고 그 아이콘을 클릭했다. 팝업창이 하나 뜨더니 곧바로 동영상이 재생됐다.

영상 속에는 한 여자가 서 있었다. 하얀색 드레스를 입고 머리카락을 길게 늘어뜨린 여자.

"어? 아까 메인 화면 속 그 여자잖아."

선우는 단번에 알아봤다.

그 여자는 멀리 서 있었다. 주위의 나뭇가지가 바람에 흔들리지 않았다면 동영상인 줄 모를 정도로 여자는 움직임이 없었다.

"뭘 하는 거지?"

자극적인 요소는 전혀 없었지만 선우는 왠지 동영상에서 눈을 뗄 수가 없었다. 한참 후, 선우는 여자가 조금씩 걸어오고 있다는 사실을 발견했다.

아주 천천히, 거의 알아챌 수 없을 만큼 느리게 움직이고 있었다.

"어디가 아픈 여잔가?"

선우는 중얼거렸다.

동영상에서 별다른 소리가 들리지는 않았다. 그저 가끔씩 바람이 불었고 그때마다 휘잉, 하는 소리가 들릴 뿐이었다. 게다가 여자는 달팽이처럼 천천히 움직였다. 그럼에도 선우는 팝업창을 닫지 않고 동영상을 홀린 듯 바라봤다. 시간이 지날수록 동영상이 주는 몰입감은 더 높아졌다.

여자가 조금씩 더 다가왔기 때문이다.

여자가 화면 앞으로 다가옴에 따라 다른 것들이 보이기 시작했다. 여자는 맨발이었고 머리카락으로 얼굴을 완전히 가리고 있었다. 하얀색 원피스는 흙 같은 게 묻어 있어 꽤 더러웠다. 여자는 비틀거리며 다가왔다.

한 발을 스윽 끌고, 다음 발 역시 바닥에 미끄러지듯 끌면서 걸었다.

"흔한 귀신 동영상 같은 건가?"

이런 식의 가짜 동영상은 셀 수 없을 정도로 많았다. 물론 선우는 그런 것들도 질릴 정도로 많이 봤고, 단번에 진짜인지 가짜인지를 가려낼 수 있었다. 그리고 지금까지 진짜라고 믿을 만한 동영상은 하나도 없었다.

하지만…….

이 동영상만은 무언가가 달랐다.

어디서 그 차이점을 찾아야 할지 선우도 명확히는 알 수 없었지만 왠지 모르게 찜찜했다.

'그냥 꺼 버릴까, 아니면 더 볼까?'

선우가 고민하면서 잠시 한눈을 팔았을 때였다.

스윽.

스윽.

헤드셋에서 그런 소리가 빠르게 들렸다. 흠칫 놀란 선우는 컴퓨터 화면으로 고개를 돌렸다. 여자가 꽤 가까이 다가와 있었다. 생각했던 것보다 훨씬 빨랐다.

'뭐지? 내가 딴 곳을 본 사이에 혹시 걸음을 빨리했나?'

그런 생각을 하면서 바라봤지만 여자는 여전히 느리게 움직였다.

바람이 불었다. 여자의 원피스가 바람에 날렸다. 머리카락도 바람에 날렸다. 머리카락 사이로 언뜻언뜻 여자의 얼굴이 보였다. 아직까지는 이목구비 정도를 간신히 알아볼 수 있는 거리였다.

눈, 코, 입…….

모두 제자리에 붙어 있는 듯했다. 피를 흘린다거나 하는 모습도 없었다.

"역시 낚인 건가?"

선우는 살짝 지루했다. 배가 고프기도 했다. 컵라면 생각이 간절했는데, 이상하게도 자리를 뜨기가 싫었다.

화면 속에서 다시 바람이 불었다.

휘잉.

그런 소리가 들렸다. 그 순간 선우의 팔에 서늘한 감촉이 느껴졌다.

"어?"

선우는 고개를 돌려 창문을 바라봤다. 창문은 꼭꼭 닫혀 있었다.

"설마…… 아니겠지?"

선우가 그렇게 말하며 다시 화면으로 고개를 돌렸을 때였다.

스윽.

또 한 번 그 소리가 들린다 싶더니 여자가 한층 더 가까이 다가와 있었다. 이제는 거의 화면 앞이었다. 또다시 단숨에 거리를 좁힌 것이다.

"자, 잠깐. 이거 혹시 실시간이야?"

선우는 자기가 말해 놓고도 그게 얼마나 멍청한 말이었는지 곧바로 깨달았다. 설령 실시간 스트리밍이라고 해도 저쪽에서는 선우를 볼 수 없다. 선우의 행동에 따라 반응하는 건 불가능한 일이었다.

그렇다면…….

"하하. 알겠어. 이거 깜박 속기 좋게 잘 만들었네. 계속 보고 있던 사람이 지루해서 집중력을 잃을 때쯤에 확 앞으로 당긴다 이거지?"

선우는 확신에 차서 중얼거렸다. 모든 것은 우연이었다. 우연히 다른 곳으로 시선을 돌린 그 타이밍에 여자가 빨리 다가온 것이다.

'한번 시험해 볼까?'

선우는 일부러 방문 쪽을 바라봤다. 하지만 눈은 화면을 향하고 있었다. 여자는 아까 하고 똑같이 천천히 움직였다.

"거봐. 내 말이 맞지. 크크."

선우는 쿡쿡 웃으며 콜라를 마셨다.

그때였다.

스윽.

스윽.

스윽.

스윽.

빠르게 발을 끄는 소리가 헤드셋을 타고 선우의 귓가에 울려 퍼졌다. 깜짝 놀란 선우가 콜라병을 내려놓으며 화면을 바라봤다. 여자가 바로 앞까지 다가와 있었다. 그제야 여자의 모습이 똑똑히 보였다.

여자는 온몸이 흙투성이였다. 머리카락에도 흙이 묻어 있었다. 바람이 불자 그 머리카락이 날리며 쭉 찢어진 여자의 눈이 드러났다.

여자의 검은색 눈동자가 선우를 똑바로 바라보고 있었다.

"헉!"

선우는 자기도 모르게 의자 깊숙이 몸을 파묻었다. 여자의 시선을 피하고 싶었다.

이제는 비에 젖은 흙냄새까지 생생하게 풍겨 왔다. 축축한 땅속 깊은 곳에서 무언가가 썩어 가는 듯한 퀴퀴한 냄새도 풍겼다.

여자는 화면을 똑바로 보고 섰다.

여자의 입이 움직였다.

"……."

뭐라고 하는지 알아들을 수는 없었지만 그것이 자신을 향한 말이라는 사실을 선우는 단번에 알아챘다.

"지, 진짜야. 진짜라고!"

선우는 덜덜 떨면서 팝업창을 닫으려고 했다. 하지만 마우스가 말을 듣지 않았다. 컴퓨터 자체가 아예 먹통이었다.

점점 더 다가오는 여자만 자유롭게 움직일 뿐이었다.

"으으으!"

선우는 겁에 질려 신음을 쏟아 냈다. 몸이 점점 쪼그라들었다.

화면 앞으로 바싹 다가온 여자는 찢어진 눈을 뒤룩뒤룩 굴리며 천천히 옆으로 돌아가기 시작했다.

"어?"

어디로 가는 거지?

여자는 자신을 찍고 있는 카메라 옆으로 빠져나가는 것 같았다.

그러면서 화면에서 사라졌다. 이제 보이는 것이라곤 몇 그루의 나무와 흙길뿐이었다. 바람 소리만 들렸다.

"끝났나? 끝난 건가?"

선우는 잔뜩 움츠렸던 몸을 펴면서도 화면에서 눈을 떼지 않았다.

마우스가 다시 움직였다. 먹통이었던 컴퓨터도 정상으로 돌아왔다.

"진짜 끝났나 보네."

선우가 그렇게 말했을 때였다.

스윽.

그 소리가 들렸다. 하지만 여자는 보이지 않았다.

스윽.

또 한 번 그 소리가 났다. 동영상에서 나는 소리가 아니었다. 선우는 헤드셋을 벗었다.

스윽.

소리와 함께 악취가 코를 찔렀다.

바로 뒤, 불을 꺼 놓은 어두컴컴한 방 한쪽 구석에 누군가가 있었다.

선우는 고개를 돌리지 않아도 알 수 있었다.

스윽.

그 여자였다.

그 여자가 다가오고 있었다.

차가운 기운이 선우의 목덜미를 덮쳤다. 여자가 내뿜는 기운이었다. 방금 전까지 땅속에 파묻혀 있다가 지상으로 나온 여자가 선우를 찾아서 점점 더 다가오고 있었다.

딱딱딱.

턱이 저절로 떨렸다.

선우는 꼼짝도 할 수 없었다.

절대로 검색해서는 안 되는 단어를 검색하고 말았다. 그 결과 여자를 불러냈다. 죽은 여자를.

스윽.

여자가 선우의 등 뒤에 붙어 섰다.

"ㅇㅇㅇ."

선우는 비명도 지르지 못했다.

툭.

여자의 머리카락에서 떨어진 흙이 선우의 어깨에 닿았다. 길고 긴 머리카락이 출렁이며 선우의 얼굴을 간지럽혔다. 여자가 상체를 숙여 선우를 내려다봤다. 여자가 입을 크게 벌렸다.

그 안에서 구더기가 꿈틀거리고 있었다.

선우는 그대로 정신을 잃었다.

몇 시간 후 선우가 깨어났을 때, 방 안에는 아무도 없었다. 대신 흙 발자국과 희미한 악취가 남아 있을 뿐이었다.

선우는 그 후 몇 달을 앓았고 다시는 정상적인 생활로 돌아가지 못했다. 절대 검색해서는 안 되는 단어를 검색한 결과였다.

물론 진실은 알 수가 없다.